瓦解
Gakai

小原巳恵子
Obara Mieko

影書房

目次

瓦《が》解《かい》

東京市中野区江古田一ノ二一四二。

わたしが生まれた家の所番地である。

昭和七年八月七日、蝉しぐれが降りそそぐ季節に、わたしはこの家で生を受け、小学校五年の夏までこの地で育った。

昭和十六年十二月八日、日本は太平洋戦争に突入する。昭和二十年五月二十五日、三月十日の下町大空襲に次いで山の手一帯は、米軍のＢ29爆撃機の焼夷弾による大空襲を受け、わたしの生まれた家も焼き払われた。

幸運なことに、昭和十八年の夏、母と長女のわたしを頭《かしら》に四人の弟妹計六人は、父の故郷へ縁故疎開をしていた。疎開とは、敵の爆撃や火災などによる損害を少なくするため、集中している都市の人や物を分散させようと国が定めた命令である。

父は実家に妻子を送り届け、とんぼ帰りで東京へ戻った、勤めがあったからである。その父の帰京を追うように赤紙――召集令状が本籍地の実家に届いたのである。電報を受け再びとんぼ帰りに故郷の地を踏んだ父親は、地元の人びとと両親、疎開したばかりの妻と五人の子らに見送られて赤ダスキを斜めに掛け、征った。東京の無人の家は、残されていた家財道具もろとも五月二十五日に消失した。

わたし達子どもは何も知らなかった。

ラジオからは連日、日本の勝利のみが伝えられていたが、学童疎開と縁故疎開のどちらかを選ぶように国からの命令が下った時、父は縁故疎開を決めたのだった。

あわただしいそんな状況の中でわたしが鮮明に覚えていることがある。

ひとつは引っ越し荷物を荷造りしている最中《さなか》、父と母が激しく言い争い、大切な母の三味線を真っぷたつに折って庭に投げ捨てた父の姿だった。ひとつは、疎開の日、女姉妹三人が晴れ着で汽車に乗っている風景である。真っ白なワンピース、スカートの部分はレースのフリルが三段重ねになっている揃いのよそゆきを着た少女三人は、晴れがましく嬉しく汽車の座席ではしゃいでいた。

何故東京を離れて田舎へ行かねばならないのかを理解することはなかった。いや、理解する。しない以前に、天皇陛下のお決めになったことにすべての国民が従ったのだ、何の疑問も持たなかったのだった。日本国はイコール天皇陛下、天皇陛下は人間であって人間ではない現人神《あらびとがみ》であると誰もが信じていた。


東京市中野区江古田一ノ二一四二。

わたしが生まれ育った家の所番地。七十八年経た今もすらすらと言える。頭のどこか片隅にこびりついているらしい。しかしその後の人生で二十数回引っ越しをした家の所番地は、ひとつとして正確には覚えていない。

最寄りの駅は西武新宿線新井薬師前だ。新宿から高田馬場を経て三つ目である。

改札口を出て左にまっすぐ歩き、しばらくすると五叉路となる。その真ん中の道をゆくとお薬師さまの境内である。毎月八の日がお薬師さまの縁日だった。改札口を出て、右へ行くと、我が家の方角である。商店街とは言えぬ静かなたたずまいの道路ですぐ右側に神谷歯科があった。夜中に歯痛を訴え泣き出すわたしをおんぶして母が通った行きつけの歯医者さん。あとはお茶屋さん、乾物屋さんがあったぐらいの記憶しかない。あ、そうそう、駄菓子やがあったっけ。小銭を握りしめて幼馴染みとわくわくしながら飛び込んだ駄菓子やさんを忘れてはいけない。駅から三、四分、原っぱに出る。真ん中を小道《こみち》が延びていて、その両側が広い広い原っぱなのだった。

小道から右を見わたすと生家が見える。お隣はフクダレイコちゃんの家。原っぱを途中から突っ切れば破れた垣根から庭に忍び込めるけれど、見つかると叱られる。

原っぱを二分する小道はかなり長いが、間もなく人家が左右に現われる。十メートルぐらい先の右にタケイ兄弟の家があり、左側にヤマギシキョウコちゃん一家の家がある。

「キョウコちゃん、遊びましょ！」

「はあーい！」とすぐ出て来る時があるかと思うと、

「いーま、ガンだからあとーでー」

つまり、今ご飯を食べているから、食べ終わったら遊ぶということだ。

お隣りのレイコちゃん、そしてキョウコちゃんとは仲良しの幼馴染み。キョウコちゃんとは戦後、思いがけない出逢いがあったが、レイコちゃんとは疎開を境に音信は絶えた。

わたし達はおてんばだった。かくれんぼ、石けり、なわとび、竹馬。特に竹馬は大得意で、夕暮れまで遊びほうけたものだ。それだけではない。なんとも生意気で、若い女性が小道を通ると、三人顔をあわせて、原っぱの片隅に積んである材木の蔭に走っていってうずくまり、「今《いーま》ーは非常時《ひじょうじ》ー節《せーつ》ー約《やーく》ー時代、パーマネントは止《やあ》ーめましょう――」と節《ふし》をつけ大声で怒鳴って、そうっと材木の上にオカッパ頭の顔だけを覗かせたりした。この遊びが一番面白かった。それぞれ、さまざまな反応を示すお姉さん達の表情――、だが半分は本気で心から叫んでいたのだった。

父は電気技師だった。オリエンタル写真工業株式会社に勤めていた。会社は家から十分足らず、新井薬師前駅からの大通りを真っすぐ、わたしたちの遊び場の原っぱを左に見ながら通り過ぎ、ゆるい坂を下り、また上ると左側に広大なオリエンタル写真工業株式会社はあった。

敷地内には森があり、テニスコートがあった。スタジオがありで、さすがにスタジオには入れて貰えなかったけれど、森やテニスコートへは三つ年下の弟アキオを連れてわたしはよく遊びに行った。幻想的な森では折々、有名な石井漠舞踊団らが撮影のためなのか踊っているのをまぶしい思いで見ていたりした。

テニスコートでは社員らしい人達がいつもラケットを手に球を打ちあっていて、その中には父もいた。ワイシャツにアイロンを掛けながら、母が「お父さん、右腕が左より二、三センチも長いのよ」と、口ぐせのように言って笑っていた。いつ行ってもコートにいる父を見て、一体お父さんは仕事をちゃんとしているのかしらと、母の言葉と照らしあわせて子ども心にわたしはそんなことを考えたりした。

スタジオには入れなかったけれど、父は部厚い写真帖を持って帰ってきたりした。そこには、きらびやかな美しい女優の栗島すみ子、田中絹代、入江たか子、山田五十鈴、岡田嘉子や、男優の岡田時彦、鈴木伝明などのアップ写真が銀ぶちの枠に色どられ絢爛豪華に収まっていた。幼かったわたしに、父の仕事場であるオリエンタルとはどんな意味か解らなかったが、今辞典を引いてみると、オリエンタルとは「東洋の、東洋らしい」とあり、「太陽の昇るところ」ともある。

疎開した父の家族には祖父母がいた。初めて会った祖父と祖母、そしてその家——真っ白なフリルのよそゆき着にはおよそふさわしくない家のことを、母は知っての上でわたし達にそのような服を着せて疎開をさせたのだろうか。

長野県南安曇《あづみ》郡安曇村字島々《しましま》。松本から出ている松本電鉄の終点が島々だ。電車を降り橋を渡ると右は崖で、崖に沿っての道を二キロほど歩くと島々の入口だ、ここで右の崖はとぎれる。右手には祠があり、左手には糸屋と呼ぶ、曾て村一番の資産家が経営する糸工場だった二階建ての大きな屋敷がでんとある。二、三軒先のやはり左側に薬局、八百屋、小間物屋、しばらく歩くとゆるい坂道で右は役場だ。その坂道の丁度真ん中、左寄りに祖父母の住まいの「千歳《ちとせ》や」と呼ばれる家があった。

あばら家であった。駅からの道は村の入り口まで右が崖で左は川である。その川はずうっと続き、島々を突き抜けて更に上流に向かう。従って祖父母の住む家の坂、左側下は川原である。その川原に幾本もの杭を打ち、その上に家がのっかっている。地面にではない。家の四分の一ぐらいが崖下の地面にのっかっているのである。

母とその子ども六人の生活がその家の二階で始まった。だだっ広い一間《ひとま》きりの部屋。家具はそれより先に疎開させていた桐のタンス一棹と長持ち三棹、鏡台、本、寝具、あとは細かな品々の類いだ。窓を開けると地面がなく真下は川原である。家が少々傾いているような錯覚を覚え、窓際に重いタンス、長持ち類を置くのが恐ろしかった。

階下は土間を上ると右に祖父母の部屋があった。左が台所、祖父母の部屋と台所の間に部屋らしきものがあったが開かずの間のようになっていて、ここで暮した期間、一度ものぞくことはゆるされなかった。

祖父母はなじめない人柄だった。わたしが長女で十一歳、三つ下が長男の弟、年子の妹は七歳で二つ三つ置いて妹と弟は幼子であった。おじいちゃんもおばあちゃんも孫の頭をなでることもなく、言葉をかけて貰った覚えもない。ひたすら自分らの部屋に閉じこもって生活し食事も別々だった。

東京のわたし達の家庭はまことに賑やかなのだった。父、母、わたしと弟妹たち、そうしてウタちゃん。ウタちゃんとは女中《ねえや》さんの名前だ。子どもが多かったからなのか、我が家には遠い四国から縁あって来てくれているねえやがいた。ウタちゃんは頬っぺたが赤く丸々とした顔の、二十代後半ぐらいの気立ての良い女《ひと》で、まめまめしく働いてくれたが、わたしはどういうわけかこのウタちゃんをいじめてばかりいたようだ。手をつねって泣かせたこともある。

庭は広かった、物干しの前が砂場、横にすべり台とブランコ、家の二辺が巾広く長い縁側になっていた。その縁側にはブランコが造りつけてあって、近所の友達がよく遊びに来た。晴天の時は庭、雨の時は縁側で着せ替え人形を楽しんだり、お手玉や、塗り絵をしたり、末の弟の木馬を争ったりしたものだ。

だけどどうしてわたしはあんなにウタちゃんをいじめたのか。庭の片隅や廊下の端で泣いていた彼女が今でも思い出され、後悔している。

「またミエコにいじめられたのね」

泣いているウタちゃんにそう母は声をかけるが、さりとてわたしをたしなめることもなかった、そういう母である。

母のアイコ。子どもが見ほれるほどきれいな女《ひと》だった。九十三歳で亡くなるまで、一番身近かで暮らし、最後もわたしが看取ったが、老いても目はしっかりと大きく、鼻も形よく口元もほど良く、美しい老女だった。ただ性格はというと、今もって表現しようのない女《ひと》で、六人子どもを産んだが子どもの誰もが、懐かしい、大好き、やさしかったなどとは言わないのである。

戦中戦後の過酷な時代を必死に生き、子どもを育てはしたけれど、そしてどの子もきれいなお母さんだったとは言うものの、それ以上の情愛みたいな深い感情を抱くことはできなかった。

父と結婚する前は教師だった。静岡県岩淵生まれで、旧家の五人兄弟の末っ子、アイコ、アイコと可愛がられ、わがまま一杯に育ったという。とてもおしゃれだったし、教育熱心、わたしの幼稚園の卒業写真が戦災をくぐって手許にあるが、黒髪を七、三の耳かくしに結いあげ、びしっと着物を着た母が映っている。

父も背がたかくなかなかの男前で、母とはどうやら恋愛結婚だったようだ。母が父を慕ったと思われる短歌を、いつの日だったかわたしは盗み読んだ記憶がある。父は艶福家だったらしく、後年、母が嫉妬心丸出しに、結婚の夜から家にいなかったなどをふと洩らしたりしたことがある。幼い頃わたし達がそんなこんなことを知る由もなかったが、時々ふらっと母がいなくなる。家出である。行き先は静岡に住む中《なか》の姉チヨコ伯母の家だった。しかししばらくたつとまたふらっと帰って来て、朝わたしが目覚めると、鏡台の前で化粧をしている母の姿にほっと嬉しくなったものだ。

お嬢さん育ちだった母、家事労働はウタちゃんまかせだった母。金持ちではなかったけれど戦争が始まり配給制になっても、それほど食事が貧しくなった体験を持たぬわたし達一家だった。

ウタちゃんは疎開が決まった時点で故郷に帰って行った。

ミヱコがいじめるからウタちゃん帰っちゃうのよ——と母が言った。本気に受けとったわたしは涙が溢れた。ウタちゃんとは辛い別れをしたのだった。

祖父母の家に疎開し、父が出征してから、すっかりわたしら家族の生活は変った。まず、その日から食べるものがなかった、いや、ないに等しかった。

島々は盆地の村であった。田も畠もない小さな集落である。松本電鉄には途中、新村《にいむら》、波田《はた》など田園の広がるところがあり、島々の先にはいねこきと呼ぶ有名な漬物のいねこき菜を生産する村が存在するし、上高地への道程《みちのり》でもあるが、ここ島々は何らの生産物を持たぬ寒村だった。

村の入口に高々と目立つ大きな家屋、それは曾てはあった糸屋でお蚕さんを飼い、糸をつむぐ工場であった。わたし達が疎開した頃には、糸屋の機械はすでに作動していなかった。いつからそうなったのだろう。だが家族は立派に生活していた。

祖父はこの糸屋のあとつぎの長男で、祖母はその工場の女工だったことをわたしが知るのは、先のことだ。

わたしが疎開した昭和十八年、戦争が始まって間もなく小学校は国民学校となっていたから、わたしは国民学校五年生、三つ年下の弟アキヲ、アキヲと年子のヒデコ、その下にサワコ、次にタカヨシと兄弟姉妹五人。タカヨシは東京の家の庭では木馬にまたがって遊んだりしていたから多分まだ二、三歳であったろう。五人の子どものお腹を満たすためにはどれほどの食料が必要だったか。母は恐ろしかったと思う。心細いなど生易しい心情でなく、強烈な恐ろしさで身がふるえたのではなかろうか。

右も左も知る人のいない未知の土地、母は大変だったろう、よく来たねなどとも言わない舅と姑、国民学校五年生の長女のわたしではどのような相談も会話も成り立たない現実、しかもただひとりの頼りであるべき夫はあっという間に戦場に連れていかれ、別れの言葉も今後のことも恐らく語りあういとまもなかった母。

先にふれたように、母の実家は静岡県の岩淵という、沼津から奥深くの静かな山里だった。旧家で築山のある広い庭の記憶がわたしにはある。しかし、昔は資産家だったとしても、父親は日清日露の戦争で武勲をたてた軍人ですでに亡く、母親も赤ん坊のわたしが抱かれて撮った写真がたった一枚あるのみで、病没していた。

母の長兄夫婦とその子どもらがある時期その家を継いでいたが、やがて上京し、わたし達の家から十五分ぐらいのところに居を構えていたことがある。だが、太平洋戦争が始まって間もない頃、長兄が、心筋梗塞で急逝し、二人いる姉の一人が静岡県、東京にいた一人は長崎県に疎開をした。苦労なしに生きてきた母は、今や、実家もなく、親族とも離れ、五人の子を抱えて、誰にも頼れぬ境遇に身を置かれていたのである。

東京からの疎開荷物の中にひそませてあった少しばかりの米は、あっという間になくなった。東京では無論のこと、この田舎でも配給によってしか食料は得られなかった。麦米《ばくまい》、トウモロコシの粉、サツマイモ、フスマ、米ぬか、大豆。麦米は麦だが通常の麦ではなく、いうなれば馬に与える楕円型の代物で、これが米がわりの主食である。

土間のカマドで薪を焚き、この麦米を釜で煮る。味もそっけもないぱさぱさの不思議な感触の食料である。トウモロコシの粉は、つなぎの小麦粉がないため、ダンゴにしてもすぐくずれる。サツマイモは殆ど甘味のない水っぽいものだ。大豆はおいしかった。フライパンで空煎りし、ほんのり焦げ目がつくと待ちかまえたみんなの手が伸びるのだ。アッチアッチと一粒《ひと》二粒《ふた》口にふくみ噛みしめると、甘みが舌ににじんでくる。おいしかった。

配給は定期的でなく遅配が多かった。野菜なども村に一軒の八百屋の店先には何もなくて、役場の前の小さな広場で時々配給が行われた。

小さな村役場だったが、この役場に母は勤め始めた。母の持つ教員資格は、その後ずっと先になって役に立つことになるけれど、この時は何ら役に立たず、単なる雑用係りに過ぎなかったが、仕事を得られたのは、村では数少ない疎開者であることと、出征兵士の家族という事情が倖いしたのかもしれない。

二学期を迎え、安曇国民学校にわたし達は転校した。一学年一組《ひと》、五年生の担任は眼鏡を掛けた初老の男教師だった。

お弁当は実に悲しい代物だった。白米のご飯など夢のまた夢、ぱらぱらの麦米《ばくまい》に梅干しひとつ。水分があるのでお弁当を取り出すといつも包み布に染みがついていた。恥ずかしくて下敷を立てて腕で囲いながら食べた。持ってゆけない日もあり、そんな時は校庭に出て遊ぶふりをした。お腹が空いた。毎日食べることしか考えなかった。

今も羞恥心なしには語れない出来事がある。安曇国民学校は丘の中腹にあった。ゆるい坂道の途中、道から三、四メートル奥まったところに柿の木が一本あった。寒村の柿の木はその地にふさわしいと言いたいぐらい、ささやかで実もたわわに実ってなどいない。学校の行き帰りにちらっと眺めるが、何とも魅力のない柿の木だった。だが或る日その柿がひとつ道わきに転がっていた。わたしは思わず立ち止まった。しばらくぐいっとその柿を睨み付ける。茜色に色づき始めた柿を見つめているとお腹の虫が鳴るのが解る。生つばが出てきた。我まんの限界がきた。

わたしは周囲を見廻した。人っ子一人いない。二度、三度、きょろきょろ前後左右を見まわしてわたしはその柿に手を伸ばした。ハッとする、歯型がついていたのである。しかしわたしはその柿を口にした。歯型のついている捨てられた柿を食べたのだ。当然、渋柿であった。口の中にその渋さが広がる。それでもわたしは柿を食べつくした。決して忘れられない己の姿。一幅の絵画か、停止した映像のように、道、柿の木、ひとりの少女の光景。そしてガキの如く渋柿に喰らいつく人間のおぞましさが脳裏に泛びあがってくる。しかしわたしは柿が大好き、果物の中で一番好きなのが柿なのである、決して嫌いにならない。

出征した父からは何の音信もなかった。内地にいるのか外地に征かされているのかも解らず、知る術もなかった。新聞をとるゆとりはなく、東京から辛うじて持って来たラジオが頼りだったが、ニュースは日本の勝利を次々に伝えていた。

わたしはみじんもそれを疑わなかった。日本は神の国であった。学校入口の奉安殿に鎮座まします天皇皇后両陛下は、人間ではなく神様であった。その前で誰もが深々と頭《こうべ》をたれる。神の国には必ず神風が吹き、鬼畜米英に必ず勝つ。「勝利の日まで、しょうりーの日まで」と、わたしは口ずさむ。

母のタンスや長持ちから、着物が一枚また一枚と消えていった。食物との物々交換である。崖に沿った二キロの道を歩くと、島々の駅に辿り着く。電車で三つ目か四つ目に波田《はた》駅がある。村一帯が田園地帯で、点在する農家の軒先にはよだれが出そうな品々が——。縁側に坐らせて貰い着物との交換が始まる。わたしは母の相棒として固唾を呑んで見守った。

一番の目的は主食。米、いも、麦、アワ、ヒエ等、野菜も欲しいが手が届かない場合もある。お百姓さんの人柄に依ることが多い。好い人と出会えるかどうかで大きな差があるが、お百姓さんもほとんど欲のかたまりとなっていた。

何の約束ごとも取り決めもないのだから、ひたすら情にすがるしか術《すべ》がない。こちらはひたすら低姿勢、あちらは居丈高。こうなればもう誇りも何もあるものでない。一粒でも多い米、一個でも足して貰うさつまいも。母にとっては娘の頃からの、そうして父と結婚してからの思い出深い大事な着物が生きるための食料と交換されてゆく。懐かしいわたしの七五三の晴れ着も同様の運命を辿ることになった。

餅を焼く匂いを二階にいる子どもたちは気付いた。四つ下のヒデコが偵察に行った。丁度弟のアキヲが学校から帰って来た。

「ミエコ姉ちゃん、おじいちゃん達、火鉢でお餅焼いてる……」

ふたりの報告である。そのうちおしょう油をつけて二度焼きをする香ばしい匂いがただよってきた。毎日お腹を空かせきっているわたしたち五人は、生つばを飲み込んでそれぞれ階段に坐り下をうかがう。気付いたのだろう、祖父母はぴしゃりと戸を閉めてしまった。

疎開して始めてのお正月が間もなくだけれど、東京での家族揃ってのおせち料理が並ぶ食卓の団欒は希むべくもない。

東京でのお正月、生まれてからついこの間までずうっと、それは当たり前のように毎年巡って来ていた懐かしい風習——。

師走に入る。大掃除があわただしく始まる。お天気の良い日、畳が庭に運び出される。一帖、十帖、三十帖、うわあ、沢山々々、そして畳屋の職人さん達。一年目は裏張り、二年目は新しい畳と取り替える。

障子が張り替えられる。邪魔扱いされていた子ども達の出番である。それぞれが好きなやり方で障子を破るのだ。人差し指を突っ込んだりバリバリと両手ではがして嬌声をあげたり、賑やかな一刻が過ぎると、あとはウタちゃんがきれいに水で洗いあげて桟だけになる。乾くと、母とウタちゃんはせっせと新しい障子紙を貼る。すると家中が真っ白になったように美しい様相に変化する。

暮に迎《むか》って玄関にしめなわが威風堂々と飾られ、門の両わきに門松が置かれる。子ども一人ひとりに、女の子は羽子板と羽根、男の子は凧。百人一首、スゴロク、福笑い、あれは去年も使ったものだったたっけ——。

元旦の朝は、それぞれの枕元に、真新しい下着、そして順番にお下がりの場合もあるが着物、襟巻き、手袋等がきちんと置かれている。

お正月！　六時を過ぎてもまだ外は暗いけれどわたし達は元気一杯だった。飛び起きて素はだかになる、弟のアキヲが妹ふたりをからかった。

「うわぁい、オッパイが見える!!」

「お母さあん、アキヲ兄ちゃんが変なこと言うわよぉ!!」

妹ふたりが悲鳴をあげるのだ。隣りの部屋から母の声が届いた。

「ミヱコは小さな子の着替え手伝ってやってよ……」

「はあい……」

順番に歯をみがき顔を洗って茶の間に集合。食卓はあざやかなおせち料理のお重とおぞう煮、おとそが所狭しと並んでいる。

上座に父が威儀を正して坐っている。父の音頭で、

「あけまして、おめでとうございます」

厳かにしかし賑やかに年頭の挨拶が行われ一斉に箸が使われるのだった。

お腹一杯になったらお膳の前になど坐っていない、揃って外へ出る。三々五々集まって来る遊び仲間、キョウコちゃん、妹のヨシコちゃん、レイコちゃん、タケイのマサアキさん兄弟、羽根突きと凧揚げで皆競いあう。

広ーい広ーい目の前の原っぱには子どもらの歓声がひびき渡る。遊び疲れて家に帰ると、お年玉と福笑いが待っている、そうしてきなこ餅までもが——。

昭和十八年、疎開の年はせわしく暮れて昭和十九年を迎えた。

お餅もお雑煮もおせちも、カルタも双六も羽根突きも凧揚げもなく、炬燵に家族六人足を入れ、肩を寄せあって正月を過ごした。

食料は相変わらず麦米《ばくまい》に大根の千切りを刻んで入れたり、農家から貰ってきたカボチャやさつまいもの蔓を煮たり、道ばたで摘んだアザミ。いつだったか兄弟姉妹揃って山へ行き、採ってきたぜんまいやわらびなどを干して貯えておいたものが御馳走である。

ガァガァ雑音の混じるラジオからは、日本の勝利の放送が「大本営発表、大本営発表」と高らかに伝えられていた。

昭和十八年五月二十九日、アッツ島玉砕。――日本軍が全員戦死していたことなど知る由もなかった。

あの頃、日本の勝利を信じて国民がこぞって歌った歌がいろいろある。「大空の決戦」、「愛機南へ飛ぶ」、「落下傘の歌」――〝見よ落下傘、空をゆーく、見よ落下傘、空をゆーく、見よ落下傘、空をゆーく〟。〝青いバナナも黄色く熟れた、男世帯は気ままなものよ、ひげも生えます、ひげも生えます、印度洋〟。結構いいメロディである。今でも歌えと言われれば気持が高揚してくるのである。

わたしが国民学校六年生になって、たしか夏休みに入った頃だったと思う。母の夏の洋服を着た記憶があるから、七月の末か八月になってではなかろうか。

母がいなくなった。

また、くせ、が出た。家出――子らに何の説明も言い置きもなく、突如いなくなる。

かつての家出の時は父がいた、ウタちゃんもいた。わたしたち子どもは寂しくはあっても何の不自由も感じなかった、感じなくて済んだ。

今は違う。疎開――知らぬ土地へ来てまだ一年足らず、祖父も祖母もいわば他人も同様の人たちである。同じ家にいるだけになおさら始末が悪い。二日たっても三日たっても姿を現わさない母。残されたのは国民学校六年生を頭《かしら》に下は幼児の五人の子ども、お金もない、食料はそこそこのものしか残っていない、どうしろというのだろう。

この一年でかなりたくましくなっていたわたし達ではあったけれど、下の弟妹ふたりは泣いてばかりでどうすればいいか途方に暮れる。

心を落ち着かせてわたしは考えた。長男のアキヲと次女のヒデコを呼んで、どうすべきか相談にのってくれるよう頼んだ。三人、ない知恵をしぼって話しあった結論は、「ミヱコ姉ちゃんがお母さんを迎えに行ったらどうだろう」であった。

行った先は見当がついていた、あそこしかない。あそことは、家出の時、いつも母が行く母のすぐ上の姉のチヨコ伯母の家、静岡市に住むタジマの家であった。多分今度もそうに違いない、それしか想像できない。わたしにそこまで迎えに行って欲しい、アキヲが言った。大任だ。しかし、このまま手をつかねてはいられない——。わたしは頷いた。

でも、静岡市大岩宮下町までの住所は知っていたけれどそれ以上は解らないし、当時電話などはどこの家にもあるという時代ではなかった。頼りはうろ覚えの記憶にすがるだけだ。静岡のタジマ家には、平和な頃、東京の寒さや暑さを逃れてわたしたち一家はよく出かけ幾日も泊った。小学校一年の時、扁桃腺とアデノイドの手術をするのに、タジマ家の長男カズオちゃんとわたしは一緒に静岡日赤病院に入院してもいる。

一大決心をして旅の準備が始まった。アキヲが教科書の地図で静岡への鉄道を調べる。そして兄弟全員が貯金箱を割って小銭を集め旅費を作り、涙ぐましくも、当時配給になっていたカンパンの自分の割り当て分をけずって全員、わたしの旅の食料として差し出してくれた。

さて、翌朝出立と決め、小さなかばんにこまごまとしたものを入れ、下の祖父母に気付かれないように二階からなわで下ろす手筈をととのえた。朝、外はまだ薄暗かった。さり気なくわたしは手ぶらで外へ出、二階からアキヲが下ろしてくれたかばんを受け取って駅へと急ぐ。ところがである。ふと振り向くと愕いたことに祖母が髪ふりみだして後を追って来るのが目に入った。びっくりしたわたしは駆け出し、駅までの二キロの崖下道を走った。何故祖母が追いかけてくるのかさっぱり解らなかった。

走って走って始発の電車に飛び乗った。島々から松本まで約三十分、どきどきどっくんどっくん心臓が高鳴るのが解る。

アキヲの調べてくれた静岡への工程はこうである。先ず松本へ着いたら中央本線の汽車に乗り替えて甲府まで行く。甲府で降りて身延線で富士まで。多分そこが終点の筈だから富士で東海道本線に乗り継ぎ静岡で降りる。

昭和十九年の交通事情は並大抵なものでなく、駅はひと、ひと、ひとの群れでごったがえし、始めてのわたしのひとり長旅は心細いの一言につきた。それでも、家で待っている弟妹達を思うと、わたしの心は奮い起たずにはいられなかった。何としてもタジマ家に行き母を連れて帰る。そのことで胸は一杯であった。

待たされて待たされてようやく松本を発車した汽車は、ゆっくりとひとつひとつの駅に止まりながらの鈍行列車である。当時急行などなかったのではなかろうか。

勿論わたしは立ちん坊。黒い煙を吐き、白い湯気を吹いて走る汽車がトンネルに近づくと窓を閉めないと顔も躰も煤《すす》だらけになる。甲府に着いた時にはすでに日が暮れていて、しかも身延線はもう終電車がでたあと、翌朝までないという。

わたしのように身延線を利用する人びとがいて、馴れたもので駅の待合室の長椅子に新聞紙や衣類を敷いて寝支度が始まった。あわてたわたしも皆にならって自分用の場所を確保し、何はともあれ立ちっ放しで棒のようになっている足を休めなければならない。

緊張と疲れで、荷物を枕に横になるといつしか寝入ってしまったらしい——だがかゆくて目が覚めた。蚊である。藪蚊がぶんぶん飛んでいる。栄養失調の躰の血などうまかろうはずがないのに、おかまいなく蚊が刺す。

それでもうとうとしながら、わたしは眠った。人びとの気配で目を覚ますと、そろそろ一番列車がホームに入ってくるらしい。みんなのあとから従いてゆき、今度は席が取れて座ることができほっとする。

相席は三十代とおぼしい夫婦と七、八歳ぐらいの男の子だった。寝不足でぼおっとしているわたしに、夫婦は何かと気をつかって話しかけてくれる。そのやさしさにわたしはすぐになじみ、問いかけにも素直に答えたり、笑いがこぼれてもくる。

親子は朝御飯だろう、荷物から包みを出して開いた。真っ白なにぎりめし。考えてみると、昨日の朝から何も食べていなかった。それどころではなくお腹の空いていたことも忘れていたが、急に空腹に襲われ、わたしはかばんの中から弟妹が用意してくれたカンパンを取り出した。コロコロしたカンパンではなく薄く長方形のそれは結構おいしいのだ。

するとである。にぎりめしが目の前に差し出された。目を上げたわたしに御夫婦はにっこりして、受け取るように促した。久し振りに食べたお米だけの食事、梅干の入ったおにぎりの何とおいしかったことか。そえられたタクワンの何とおいしかったことか——。

一期一会——名も知らぬ親子との別れにわたしは深く深く頭を下げた。

「おにぎり、とても、おいしかったです、ありがとうございました……」

「東海道線に乗れば静岡までは一本道ですからね、お母さんに逢えるのを祈っていますよ……」

振り返り振り返り去ってゆく三人を見送ったわたしは、東海道本線のホームへと急ぐ。素敵な旅の道づれと頂いたおにぎりのお蔭で、心も躰もほかほかと暖かく足取りも軽いのである。


静岡に着くと真っすぐ駅長室へ向った。

「大岩宮下町のタジマセイタロウという家はどう行ったらよいでしょうか」

「番地は」

「解らないのです」

「ええっ？」

「おせんげんさんが割合近くにありました」

「ああ、浅間神社のことだね」

「はい、多分――」

浅間神社への道すじをくわしく教えて貰って駅を出たわたしは、大きく息を吸い込んだ。気候が温暖な静岡は、駅前広場もゆったりとした感じで、戦争の最中だということも忘れるほど穏やかであった。

おせんげんさんへは従兄弟達とよく遊びに行った。皆そう呼んでいたのでわたしも、おせんげんさんと覚えていたのだったけれど、浅間神社が正しい呼び名なのかと納得して、途中すれ違う人に道を聞きながら、とにもかくにも浅間神社に辿り着く。

そこからは、うろ覚えの道を探すしかない。大きな家が並ぶ住宅街——近所からピアノの音色がいつも聞こえていたっけ——盲滅法だったが歩きに歩いた。そうしてわたしはタジマの家を見つけたのだ。

ざくろと無花果《いちじく》の大きな木、たわわに実った果実の幸福な味。そのざくろと無花果の木があった。懐かしい花一杯な庭が覗けた。

呆けたようにしばらくその場に立ちつくし、われにかえってわたしはタジマの家の玄関に立った。

「……ごめんください——今日は……」

走り出て来たのは男の子三人、何年か逢っていないが見覚えのある顔、顔、従兄弟たちであった。まじまじとこちらを見ていた彼らの中のひとりが言った。

「もしかして、君、ミヱコ？」

もうひとりがはやしたてた。

「真っ黒な顔をした女の子、真っ黒な顔をした女の子、もしかして、君、ミヱコ？」

三人目が奥へご注進に及んだ。

「真っ黒なミヱコが来たよう！」

チヨコ伯母と長女のサダコちゃんが走るように出て来た、

「まあ、ミヱコ、一体どうやって……とにかく早く上がりなさい。さ、早く。サダコ、アイコ伯母さんに伝えていらっしゃい!」

自分と同い年のカズヲ、すぐ下のショウスケ、次のキヨタカ、三人の悪がき従兄弟達に、ワイワイ言われるような真っ黒な女の子になっているなど思いも及ばなかった。

やがて、玄関にいるわたしの前に、サダコちゃんに手を引っ張られるようにして出てきた母に向って、

「迎えにきたの。みんな待っているのよ」

と怒りをこめて、わたしはなじった。母はただ深く頷いてみせただけだった。チヨコ伯母が急いで沸かしてくれたお風呂で、母はわたしの頭のてっぺんから足の先までシャボンで洗いあげてくれた。洗面器に浮かぶうす黒いお湯をまのあたりにしてさすがにびっくりした。そして十二歳の娘の躰を丁寧に洗ってくれる手の暖かさと懐かしさに、わたしは泣きそうになった。

着てくるものがなくて母のタンスから引っ張り出しただぶだぶの洋服もたらいに漬けられた。サダコちゃんから借りたゆかたに身を包んで、さっぱりしたわたしを待っていたのは、家族揃っての夕餉であった、御馳走の数かずがずらりと食卓に並んで見事だった。

静岡は戦争に関係ないのかしら——信州の貧しい食事や弟妹達が肩を寄せあっている様子が心に浮かぶ。ちゃんと食べているだろうか、ああ、ここにあるものの一つでもいいからあの子らに

食べさせてやりたい――。

「お腹空いたろう、さあ、沢山食べなさい」

柔和なセイタロウ伯父の穏やかな言葉が胸に沁みた。

二日後わたしは母と共にタジマ家を辞した。母の背負うリュックサックには、米、粟《あわ》、稗《ひえ》、海苔、ジャコ、お茶その他諸々の食料がつめ込まれていた。わたしが大事にかかえこんだ風呂敷包みは、菓子箱にそばがらを入れぎっしりと並べられた卵であった。母娘の心は弟妹達の待つ信州へと飛んでいた。

この日を境に母の行動力は目を見張るものとなった。翌朝、長らく休んだ役場にお詫びと今後ともよろしくという挨拶のため出勤し、夕方帰宅した母は、夕食のあと皆に告げた、

「この家を出ますからね、みんな、そのつもりでね」

「え！　どこに、どこに行くの？」

「それは――、これから住む家を探します」

ほどなく母は家を見つけてきた。祖父母の家からものの七、八分、ゆるい坂を下った糸屋のちょっと手前を左に折れ、三叉路となるそのまんまん中の家であった。玄関の入口左側に立看板があって「上高地方面」と筆書きされている。

小じんまりとした平屋建てで、一間《ひと》と玄関の間しかないけれど、そんなに古くないまああの家である。役場のリヤカーを借り全員汗まみれとなって、何度も往復しての引っ越しが行われた。あの息をするのも憚られた薄暗い住み家からの解放感で、みんなの顔はしばらくぶりで明るく喜びが漲った。


次に驚いたのは、二、三日後の母の言葉だった、

「ミエコは来年国民学校卒業よね。女学校へゆくための勉強をはじめなさい」

「ええっ！　まさか……」

わたしは絶句した。当時、女学校は女子のいわば最高学府であった。特別な人のみ進学する。国民学校を六年で卒業し、併設された高等科が二年、多くの子どもはこの高等科に進学、家の都合でゆけない子どももいた。

女学校は五年制である。現在の六三三制――小学校六年、中学校三年、高校三年となるのは、日本が戦争に敗けて二年目の四月からだ。

母は教師になるために師範学校を出ている。まことに教育好き――教育熱心な人である。

わたしはといえば、さほど勉強好きではなく、そこそこの成績は取得していたけれど女学校へ行きたいと思うことはなかった。しかも、我が家は出征兵士留守家族の子沢山、生活するのにやっとの状況を身に沁みて理解していたから、母の気持が解らなかった、しかし母の意志は固かっ

た。

どうやら、引っ越しやわたしの進学等の相談、費用の調達のため母は静岡に行ったとおぼしきことが次第に読めてきた。

こよなく母を愛してくれているチヨコ伯母、セイタロウ伯父が相談を受け入れてくれたらしい。セイタロウ伯父は貿易商だった。お茶を中心としたその他さまざまな商品を手広く商う裕福な親戚だったのである。嫌も応もなくわたしは母に従うしかなかった。

翌昭和二十年四月、わたしは長野県立松本第一高等女学校に入学する。安曇国民学校から受験したのは二人だけでわたしのみが受かったのだった。電車通学である。崖下の道を二キロ歩く。始発駅島々から終点松本まで三十分、松本駅から二十分程のところに松本城がそびえ立ち、ほど近くに松本第一高女はある。

防空頭巾を肩に掛け、ずだ袋に教科書を入れ、裂けた処から水がしみこむゴム靴を履いてわたしは学校に通った。

入学式も覚えていないし、戦時下のもとで勉強らしい勉強をした記憶もない。殆どの時間、勤労奉仕で近隣の農家の田畠の草取りや開墾が授業であった。昭和七年生まれのわたしらとたった一年違い、昭和六年生まれの生徒たちは勤労動員だった。工場で、直接戦争に使われるさまざまな兵器の部品作りや、落下傘作りなどに従事させられた。二十年八月十五日までそれは続けられた。

昭和二十年八月十五日。

その日は突然やってきた。

学校は休みであった。夏休みなどという贅沢なものはなく、勤労奉仕は常時行われていたが何故かその日は休みであった。

祖父母の家の真下は川原、裸の子どもらが川遊びや泳ぎに熱中していたのを鮮明に覚えている。わたしは泳げなかった。心臓が弱く、東京にいた頃から医者にプールを禁じられていたから――。でも折角の川だ、泳げるようになりたくて妹のヒデコと一緒に川に入っていった。顔を水に浸けたままだと、二、三メートルは息をつめて浮くことが出来る。それ以上は上達しないけれど、みんなとそうしていると無性に楽しくて、きゃあきゃあ言いながらくり返し泳ぎともいえない泳ぎに興じていた。

「ミエコ姉ちゃーん――」

弟のアキヲの大きな声が土手の上から私を呼んだ、

「なあーに――お昼ごはーん――?」

「違う、お母さんがすぐ帰って来いって――」

川原に降りて来たアキヲが、

「何だかしらないけど、みんな役場に集まるようにだってさ」

「へええ、何だろう――」

「ラジオでね、重大放送があるんだって――」

そう告げると、わたしを待たずにまた走って帰って行く。簡単服をまとい、妹のヒデコの手を引いて土手を駆け上ると役場はすぐ目の前だ。三三五五、村人が集まり、そこに母の姿もあった。集まった人々を前に村長がおもむろに口を開いた。

「正午から――」

気を付けの姿勢をとった村長。

「天皇陛下さまの――」

気を付けから休めになり、

「重大な、ラジオ放送があるそうなので、皆聞いてくりや」

すぐさま役場の職員が、一台しかないラジオを玄関口に運んで来た。

時計の針が十二時を指した。

始めから終わりまで、ただ、ガアガアいっているだけでさっぱり解らない放送であった。始めて耳にした、天皇陛下のカン高い、しかも何も伝わってこない放送を皆あっ気にとられて聞いた。

現人神《あらひとがみ》の声は意外なものであった。

「――何んて言われたんだいね」

「さあ――全く解らないわやあ――」

「タエガタキヲタエ、シノビガタキヲシノビ」そこだけが強調される如く語られたのが解っただけだった。

その日が暮れ、翌日、誰ともなく伝わってきたのは、日本が「大東亜戦争」で敗けたという風聞であった。

わたしは頭に血がのぼるのを感じた。

ウソに決まっている――そんな話、誰が信じられるか――。

わたし達の、この日本という国は神の国です。万世一系の天皇がおわします神国――神風が吹く国です。誰がそのようなことを言うのですか、そんなのウソ、誰が信じるものか!! 鬼畜米英に日本が負ける筈がない。

ついこの間観た『軍神』という映画では、素晴らしい日本の若者達が、天皇陛下の御んために、一人ひとり、特攻隊員として飛行機で、潜行艇で、鬼畜らの軍艦に突っ込み大きな軍艦を撃沈する。涙なくしては観れない映像を観たばかりだった。〝天皇陛下万歳〟を叫んで散って逝った彼らの勇姿が、まぶたに焼き付いている。

大本営発表をわたし達は聞いてきた、日本の勝利を厳かに次から次とあれほど伝え続けてきたではないか。

第一、きのうのあのラジオ放送は一体何なんだろうか、何を言っているのかさっぱり解らない

——天皇陛下のお声があんなんである筈はない、神さまなのよ、現人神なのよ、あんなカン高く訳の解らないことを言う人はきっと気違い人間に違いない——。

日本は神の国、天皇陛下は現人神、神風は必ず吹く。生まれた時からわたし達はそう教わってきた。学校でも、どこでも、そう教育されてきている。そうして、それを誰ひとり疑わず、信じてきたのです——。

口には出さずわたしは一日中、くり言《ごと》のように心の中でくりかえし、葛藤し、頭が割れるのではないかと危うんだ。


次の日、回覧板が廻ってきた。そこには、戦争が終ったこと、従って、窓ガラスのバッテンの張り紙をはがしてよいし、電灯に覆いをしなくてもよい、空襲警報もないから洋服のまま寝なくてもよいなど、まことに簡単な事柄が記されている。

仕事から帰った母にわたしは訊いた、

「日本が勝ったのね、だから戦争が終わったのね——」

「違う、日本は敗けたのよ」

「そんなことあり得ない!!」

「ミヱコには黙ってたけど、今年の三月十日、東京に大空襲があってね、B29が爆弾を落して深川など下町一帯が焼けて、五月二十五日には山の手に爆弾が落ちて、中野の家も焼けたそうよ

──」

「……」

「それだけじゃない、八月六日と九日、広島と長崎に新型爆弾が落とされて多勢の人が焼け死んだの──」

「そんなこと──知らなかった──」

「戦争を続けるのはもう無理だと、天皇陛下はご判断遊ばされて──」

あとの言葉を聞かずにわたしは家を飛び出した。行き先は決まっている。安曇国民学校──三月に卒業したばかりの母校であった。

背筋を真っすぐに伸ばしてわたしは歩いた。父は、口を酸っぱくしてわたしに注意したものだ。

〝ミヱコは背が高い故《せい》か猫背だよ、意識して気を付けないとくせになってしまうよ〟と。

お父さん、あなたは今何処にいるのですか。タスキを掛けて戦争に行ったまま、一度も、ハガキ一枚来ない、生きているのか死んでいるのか、内地にいるのか外地にいるのか誰も教えてくれない。

中野の家、わたし達が生まれた家、あわただしく家族全員がいなくなったあの家が、アメリカのＢ29の爆撃で焼かれたそうです。

すぐに帰るつもりだったから、想い出の品が沢山置いてあったはずです。懐かしい庭、ブランコ、すべり台、鉄棒、タカヨシの木馬、みんなそのままにしてきましたよね。

タンスの中には、ぬり絵や折り紙や人形の着せ替え、クレヨンでしょ、色鉛筆でしょ、まだまだ沢山、大事に仕舞ってきた。みんな焼けたんですって——。

家《うち》だけじゃないわよね、お隣りのレイコちゃんの家もキョウコちゃんの家も、上高田小学校もみんな焼けたんでしょうね。

戦争が終ったと聞きました、ほんとうですか、お父さん達が一生懸命日本のために戦ったのに日本は敗けたのですか、わたし達家族のためじゃあなくて天皇陛下のおんために死ねと言われましたよね、日本国中の人々は歌でもそう歌い、学校でもそう教えられ、それが、正しい日本人の生き方だと信じてきたのです。そしてそれは今でもそう信じています。

生まれた時からずうっとそう信じてきたのです。神風が吹くはずの日本が敗けた、何かの間違いだと思います。

国民学校の講堂の中に、薙刀《なぎなた》があるんです。わたしは今それを取りに行くんです。六年生の頃から薙刀を習っているのです。それからずうっと今も、日曜日にはわたしだけでなく村の人達も集まって薙刀の稽古を真剣にやってきました。何のため、それはね、銃後の守りは残された女達の責任だと思うからです。

あなた達は戦場に行った。わたし達は銃後の守りをしっかりとするのです。

戦争は終ったと大人は言うけれど、鬼畜米英は終ったと見せかけて、いつ何時此処《なんどき》へもやって来るか知れない——。B29の飛行機から落下傘で兵士達が襲って来るかも知れない——。

わたしは命なんか惜しくはないです。天皇陛下のおんために、わたしは向かって来る敵を下から薙刀で突きまくります！


九月に入った。

教科書と筆箱を収めたずだ袋をさげ、継ぎの当った靴下にゴム靴を履いたわたしは、戦争中と変りなく、崖下の二キロの道を歩き、終点島々駅から終点松本駅まで三十分電車に揺られ、二十分歩いて松本城にほど近い県立松本第一高女へと登校する。ゴム靴が蒸れて気持悪い、途中で靴下を脱ぎ素足になったが、かえってぐじゅぐじゅ汗がからみつく。

教室は静かだった。皆、言葉を失ったままこわばった躰をもてあましている。教師も同じである。残された勤労奉仕に携わることになり、皆ホッとした顔付きでそれぞれの部署に散ってゆく。


そうした日が幾日か続いた或る日であった。教壇に立った担任教師から、習字の道具を出して墨を磨るように命じられた。

不審気な生徒を前に教師が言った。

「今から教科書の削除を行います」

意味が解らない。削除？　何を？　青白くむくんだ顔付きの担任は、黒板に向ったまま、

「歴史、国語、修身等、これから黒板に書く箇所を墨で塗りつぶすこと」

言葉少なに伝えると、手にした白墨で、

「歴史、一頁の二行目、三行目……」

となぐりつけるように書き始めた。丸一日、この作業は続けられた。

手も顔も真っ黒になったような錯覚から我にかえったわたしは、呆然と目の前に広げられている教科書たちを眺めやった。教科書の殆どは、黒ぐろとした屍のようで、前後の脈絡は失われる意味をなさぬものに変わり果てていた。

たった十三年しか生きていない自分だが、その自分を全否定された心地だった。

屈辱と怒りに胸がふるえてきた。

B29の飛来もなく、落下傘部隊の襲来もなかった。だが、カミはいじわるだった。台風が襲来し、わたしの住む貧しい村島々が、河川の氾濫と裏山の土砂崩れの災害に見舞われたのである。島々は盆地である。集落はお盆の中央にひっそりと息づいていて、その周囲は小高い丘状の里山とでも呼ぶほどの地形。横手を流れているのが祖父母の家の真下を蛇のようにくねっている巾七、八メートルにも満たぬ川なのだ。水深も子供の胸ぐらいしかなく、川原の方が広いぐらいであった。

九月も半ばを過ぎた頃大雨が降り続いた。豪雨となり、あれよあれよという間に濁流が水嵩を増し、村人を脅かした。と、思う間もなく裏山が崩れたのである。

わたしの通学路の駅へ通ずる崖下の道の上は小高い山で、中腹よりやや上方には発電所が建っていて、隣接して発電所の責任者一家の住いがあった。社宅というより普通のきちんとした一軒家で、現在の所長一家はわたし達と同じ疎開してきた人達だった。品のいい両親と姉弟《あねおとうと》の四人家族で、姉のサダマリコはわたしの弟アキヲと同じクラスであった。長身でオカッパの髪型をした父親似の美少女は、大きくなったらさぞ美人になるだろうと皆噂した。アキヲなどはひそかに憧れを抱いているようだった。

水嵩を増した川が溢れ、濁流が人家を襲うと同時に、轟音と共に山崩れが起った。土石流が発電所を直撃し、住宅もろとも崩落した。住居には家族四人がいたが、全員が圧死。翌日遺体で発見された。

村の入口の豪邸糸屋にはみるみるうちに土石流が押し寄せて階下が埋まった。我が家は床下浸水、上り框《かまち》すれすれ迄汚水が迫ってきたが、辛うじて床上浸水を免れることができた。祖父母の家は川原に杭を打ち込んで建てたみるからに危なっかしい家なのに、上り坂の途中にあるためと、案外しっかりした建築だったのかびくともせず無事であった。

この頃、わたしははじめて祖父の出自を知った。村一番の素封家糸屋の長男坊だったというのだ。

曾て、糸屋はその屋号に示されたように蚕を飼い、育て、繭を紡ぎ機《はた》を織っていた。その機織工場に奉公していたのが祖母だった。機織女工のひとりと恋仲になった息子は、すぐさま勘当され村を追いやられた。その後の暮しは詳らかでないが、子どもを三人もうけて一人前に育てあげ、終の棲み家を求めて生まれ故郷に帰って来たのである。三人の子どもの末っ子がわたし達の父親なのだった。

だが、わたしの知る限り祖父が生家、糸屋へ出入りする姿を見ていない。恐らく、切れた縁は簡単に繋がらなかったのかもしれない、世代も替っていたのだから——。

けれども、この度の被害——発電所一家全員の死のほかに死者はなかったとはいえ、村一番大きな家の一階部分すべてが土砂で埋まった惨状は、祖父にとって人事《ひとごと》ではなかったろう。

ようやく雨があがり、我が家の玄関の上り框まで浸入していた汚水も次第に引いてゆき、外に出られるようになって目にした光景は惨憺たるものだった。

わたしの通学路である崖下の道は、発電所の倒壊に依る土砂が道を通り越して川原迄達していたし、村の入口に建つ糸屋は一階部分すべてが山からと川からの土石流に埋まって、道路から二階に梯子を渡して家族は出入りをしていた。救いだったのは、糸屋に隣接する二、三軒の家は同様の被害だったが、村の殆どが我が家と同程度の被害ですんだことだった。しかし、痛ましいマリコちゃん一家の死はのちのちまで村人の心に記憶された。

弟のアキヲは、ささやかに営まれた役場での葬儀で目を真っ赤にしていた。まるで一家で死ぬために疎開してきたようなサダ家。村の出身ではないから、親類縁者がある訳でもなかったという。

遮断された駅への道路は、人ひとり通れるほどしか修復されていなかったけれど、先ずは歩けるようになりしばらくぶりにわたしは学校へ行くことができた。

役場の電話を借りて母が欠席届けを出してあったため、島々の災害は皆知っていてくれ、クラス中から見舞いの言葉を貰った。

「オクさん、大変だったね——怪我はなかったんかい?」

隣の席のタシロカヨコが、顔を覗き込むように声を掛けてくれる。オクさん——後ればせだがわたしの苗字はオクハラである。父がオクハラミツグ、母がオクハラアイコ、そうしてわたしがオクハラミヱコ。従って、オクさんとわたしは皆から呼ばれているのだ。奥さんみたいでこそばゆいが、勝手につけられた渾名もどきなので嫌だとも言えない。

松本高女は、長野県下での有数な女学校との噂がしきりで、確かに生徒の半数以上は、知的レベルが高かった。顔付きも容姿もそれにともないなかなかなものなのだった。

名士の子女が多かった。モモセのチカちゃんの両親は大学教授だし、ナカタの双子の美人姉妹は松本のメーン通りに堂々と存在する大きなお茶屋の令嬢、ナカタのイクちゃんアイちゃんと言えば知らぬ人がいないぐらい知性的な美しい少女だった。

その人達に比ぶべくもないのがわたしであり、隣席のタシロのカヨちゃんなのである。カヨちゃんは松本電鉄島々寄りの波田《はた》が生家で生業《なりわい》はお百姓だ。食べる物に困窮しているわたしにしてみればお百姓は羨ましい仕事で、毎日真っ白なお米の弁当を拡げる彼女は、何処のお嬢さんより幸せ者に思える。

だが、勉強はといえば、やはりチカちゃんイクちゃんに比べると数段劣る。すべての課目のうち、特に国語が苦手で、指されてもろくに読本を読めたためしがない。

わたしにしても勉強はあまり好きではなかった。ただ——ただであるが、国語に限るとまあまあなのだった。というのも幼い頃より本を読みまくっていたから。

東京での小学校時代、学校図書室の本はあらかた読破していた、乱読だが特に小説が好きだった。吉屋信子などは全部呼んだ。学校図書にあきたらず、母が持っていた本のかずかず——久米正雄、菊池寛、森鷗外、岡本かの子に始まり、モーパッサンの『女の一生』やモームの『人間の絆』、ツルゲーネフ、ゾラ、ドストエフスキーに至るまで、解らぬままに手をそめていたのだった。だから漢字の理解力だけは人並みだったのだろう。恋愛小説などを読みあさっていたのだから何ともおませな娘だったた

二、三日後の授業中、カヨちゃんが顔を寄せてきた。

「オクさん、放課後ちょっと話があるんだけど……」

「え、何……？」

「うん、あとで……ね」

放課後、学校の屋上でタシロカヨコが、

「気ィ悪くしないでよね」

と断りながら提案してきた話はわたしにとって思いもかけないものだった。家《うち》に来ないかというのである。

怪我はなかったかと問われたあの日、訊かれるままに村の災害の惨状と、復旧進まぬ駅への道のことなどをカヨコに話した。真剣に彼女は聞いてくれ、その結果の精一杯のカヨコの考えが、

「これから収穫が沢山あるでしょ。でもひとり手伝いの人が止めちゃったの。それでね、家のことをやってくれる人が欲しいの。オクさんが若し来てくれたらわたし嬉しいんだ、勉強も見て貰いたいし……」ということだった。

「ええっ――だってわたし、家のことって何も出来ないと思う」

「ううん、ご飯炊きと拭き掃除ぐらいだから大丈夫。あとは国語の面倒を見て欲しい、前からそう思ってたの――」

「………」

「父ちゃんに相談したら、うんって言ってくれた。お金は出せないけれど三度々々ご飯は一杯食べていいから――」

ああ、お見通しだったんだ。わたしは羞恥心で顔が赤くなるのが解った。どんなに隣りの級友の昼ご飯が羨ましかったろう。ちらと横目で盗み見るタシロカヨコの弁当は、真っ白なご飯に卵焼きやキンピラのおかず。一方のわたしはといえば常にパラパラの麦飯に梅干しひとつ。みたされぬ腹の虫がグゥと鳴るのが聞こえたのだろうか。

「二、三日、考えさせて――。それに、ひとりで決められることではないから――」

そう返事をしたわたしだが、帰途、わたしの心は半ば決まっていた。ひとえに飢えからの脱出、頭の中をくるくる巡るのは「三度々々のご飯を一杯食べて云々――」

課せられている仕事の重みなど少しも感ずることはなかったが、わたしだけが食べられても、母親や幼い弟妹達のことを思うと後ろめたくなる。ああでもひとりでも口べらしになればと正当化してみたりする。

話を聞いた母は絶句した。誇り高い人なのだ。世が世ならと感じたに違いない。背に腹は替えられなかったのだろう、不承不承ながら、頷いてくれた。

日曜をはさんでの翌々日、わたしは、タシロカヨコの両親に宛てた母の手紙と、勉強道具、下着と着替えの服を携え家を出た。

タシロ家に於けるわたしの女中見習いが始まった。学校があるから、早朝と夕食のご飯炊きが出発点だ。大家族の一回の食事は米一升五合、釜で裏を流れる川の水でそれを磨《と》ぐ。生まれて始めてのことである。手の平に力をこめて躰ごとのしかかるようにして米を磨ぐことをカヨコのお母さんから教わる。川から勝手のかまどまで水が入った大釜を運ぶその重さ、次に薪で米を焚く。まるめた新聞紙に火をつけ粗朶《そだ》を燃やして薪の下に置くのだが、火吹き竹でふうふう吹いてもなかなか薪に火が移ってくれず、いたずらに煙だけがもうもうたち込める。我が家でのかまど焚きは三つ下の弟アキヲの役割りだった。

風呂の燃料は石炭からコークスになっていたが、米はガスが焚きあげてくれていた東京での暮らしを思うと、煙のためもあって涙が出てきた。とはいえ、焚きあがったご飯と濃い味噌汁、タクアンの漬物と芋の煮っころがしの食事は例えようのないおいしさであった。食器もすべて川まで運んで洗う。板の間の雑巾掛け——わたしの仕事は限りなくあった。

カヨコはお嬢さん然として何ひとつ手伝おうとしない。無邪気なものだ。家庭教師の勤めが待っていたがこれはすべきこともなかった。真っ黒に塗りつぶされた教科書の何処を勉強しろというのだ。

学校へは連れ立って通ったが、わたしは級友達に現状を知られたくなかった。カヨコもその辺は察したのか、口止めをせずとも黙っていてくれた。

けれども、わたしの心は複雑だった。劣等感が襲ってくる。物事を突きつめて考えてしまう生まれつきであった。単なる居候ではない、それなりの労働は果たしている、だからこそということてもあった。同級生の家でなければこうした気持にはきっとならないだろう。がっしりとした体格で顔は横に広く頬の赤いカヨコ、ほんとに他意のない、あっけらかんとした気のいい娘。しかし父親は気むずかしい人だった、殆ど口を聞いてくれず、じいっとわたしの仕事ぶりを見ているように受け取れる。僻《ひが》みかもしれないけれど、そう感じてしまうと、ついつい相手の顔色を窺っている自分に気がつき嫌になる。

手が切れるように川の水が冷たくなってきていた。信州の冬の訪れは夙《はや》く、厳しい寒さに身が凍える。学校が冬休みに入り間もなく正月を迎えようという頃、久し振りにわたしは家に帰った。タシロ家は嬉しいことに思いがけなく米と野菜のみやげを持たせてくれた。カヨコの母親の配慮なのだった。何よりのものであった。真冬は農家にとって休息の季節のため、ひとまずわたしは解雇の身の上となった。

嬉しかった。どんなにお腹一杯白いご飯が食べられようと、やはり我が家に勝る居場所はなかった。どんなに貧しい食卓でも、弟妹達と一緒に過ごせる倖せが身に沁みて解った。

村では復旧工事がぐんぐん進められていて、弟のアキヲは、川原の石運びに精を出していた。駄賃ほどだが、金も呉れ、昼めしにおにぎりが二つ貰えた。

わたしもそれに参加することにした。カヨコの家での労働体験のお蔭である。女子どもには厳しい作業だった。背負子《しょいこ》に取り付けてある頑丈な縄籠に石を入れ、所定の場所に移動させ、川原の整備をするのである。正月三が日をはさんで毎日姉弟ふたり川原の石運びをし、配られたにぎりめしを半分家に持ち帰って弟妹らの喜ぶ顔を見るのが楽しかった。

二月も半ばになろうとする頃、父の兄ケン戦死の公報が届いた。南方方面で死亡との公報が本籍地である祖父母の許にもたらされ、役場勤めの母が知るところとなった。敗戦から半年経ての伯父戦死の知らせはわたしをおびやかした。

父の姉一家とは、東京でごく近くにお互いの住いがあったので始終往き来をしていたが、北陸に住むこの兄の家族とは数える程しか逢ったことがなかった。息子が二人、伯母さんと呼んだこともないが、その母親は面長で少しばかり顔がしゃくれた感じの印象深い女《ひと》だった。薄い縁の一家だけれど身内には違いない。

ケン伯父戦死の報せは、にわかに、疎開前に急逝した母の兄の長男、学徒出陣をした従兄弟のゲンイチの安否、そうして何よりも、わたし達の父親への思いが胸を襲ってきて、いたたまれない気持になった。

祖父母宅へお悔やみに行った母は、どのような心境でいるか危ぶんだが、十三歳の小娘に心の内を見せたくないのか、すべて自分ひとりの判断を貫く家出常習犯の母は、ひと言も話すことをしなかった。

その日は、昨夜からの雪は止んでいたが寒い朝であった。春まだ浅く、子らも母親も休みの日曜日だった。惰眠を貪るサワコとタカヨシは蒲団の中でキャッキャッと何がおかしいのか戯れている。

「うるさい、だまれ!!」

アキヲが怒鳴ったが効き目なし。

その時だった。

とんとん——玄関を叩く音がした。ひそかなとんとんなので、誰かがこんな朝夙くに来るはずはないと思う。それでも耳を澄ましてみる。

間があった、そして再び今度は、

とんとん、とんとん——二度三度、あきらかに訪《おとな》う音がした。思わず全員が飛び起きた。アキヲが先ず玄関へ走る、わたしも半てんを急いで着、あとにヒデコ、サワコ、タカヨシが群れながら続いた。アキヲが玄関を開けた。

父だった。そこに、父が立っていた。軍服、軍帽、背《はい》のうを背負ったまぎれもないわたし達の父親が雪の積もる玄関先に立っていた。

人間は、余りもの愕き、または余りもの悲しみ、或いは余りもの喜びが突如目の前に出現した時、それに反応する脳の働きが一時停止するようだ。声にならない声のみが己の喉元を震わせる——そんな感覚をわたしは知った。

長い沈黙のまま、家族全員、立ちつくしていた。

その沈黙を破ったのは中の妹のヒデコである。彼女は父を指して大きな声で笑ったのだ。その意味が解った弟妹たちもげらげら笑い出した。父の鼻から二本の棒が――つららがぶらさがっていたのである。おかしかった。でもわたしは笑えなかった。

後ろを振り向くと、母が、じいっと立ちつくしその光景を見詰めていた。

「はなつらら、こどもがわらう　ちちのかお」――俳句など全く知らないわたしは、その夜日記帳にこう書きつけた。

雪が溶け始め春の萌しを身に感ずる頃、わたし達は引っ越した。一間と玄関の間しかなかった家では、それまで全員重なりあって寝ていた。一八〇センチに近い長身の父の帰宅で七人家族となり、どう考えても無理な居住環境となったし、多分それ以外に、大人の事情もあったのではないかと想像する。

引っ越し先は西穂高であった。松本と大町を結ぶ鉄道を大糸線と呼び、穂高のひとつ手前が西穂高だ。勝手も広く廊下もあり、部屋数もまあまあの二階建て一軒家だった。

父はさし当たって東京に帰るつもりもないらしい。もっとも中野の家は昭和二十年五月二十五日の山の手大空襲で焼失してしまっている。三年近く兵隊にとられていた父。オリエンタル写真工業株式会社はどうなっているのだろう。わたしたちには知る由もなかった。しかし父と一緒に暮らせるのなら何もいうことはない。

わたしも松本高女の二年生になっていて、今度は大糸線での通学となった。すぐ友達ができた。村の地主の娘でモチヅキショウコと言い、溌剌とした魅力的な少女であった。何よりも健康美と笑顔で人を引きつける力を持ちあわせていた。

翻ってわたし自身はというと、棒くいのように痩せて生気がない、人に喜びを与えそうもない娘だった。モチヅキショウコをモッちゃんと皆呼んでいた。電車通学だから、松本第一中学校や松商学園の男子生徒たちも乗りあわせる。

異性を意識する年頃になっていたのだろうけれど、わたしは奥手なのか、または自分をみすぼらしく思っていたのか、余り異性に関心はなかった。モッちゃんは違った。決して嫌な感じではないが、明らかに女としての自意識に目覚めている風情があり、同性のわたしにすらそれは伝わってきた。そうしてそれは男子生徒らの目にとても魅力的に映るのだろう。西穂高駅からわたし達ふたりが電車に乗ると、松本に着くまでの間、チラチラとモッちゃんに突き刺さる視線は、男子生徒の数だけあったといっていい。

或る日わたしはその中の一人に呼び止められた。モッちゃんと別行動をとっていた日だ。顔も姿もちっとも素敵でない学生だったが、それでもわたしはドキリとした。手紙らしきものを手渡され相手は言った。

「悪いけど、モチヅキさんにこれ渡してくれませんか——」

（なあんだ、やっぱりそうか）少なからぬショックを受けたのは、奥手とはいえわたし自身にも春のめざめは訪れていたのかもしれない。翌朝モッちゃんに、

「ハイッ、これ渡してくれって頼まれたわよ」

すると彼女は、にこっと笑い、

「いらない！　捨てて——」

「困るわよそれは——わたしは頼まれたんだから——」

さっと受け取った手紙をモッちゃんは、何と、丁度道端にあったよそさまの家のゴミ箱の蓋を開けて投げ入れてしまった。

わたしはその男子生徒に出会うのをさけて、しばらく逃げかくれしていたが、ついに捕まってしまい、手紙をどうしたかを確かめられた。まさかゴミ箱に捨てたなどとは言えないので、

「あの——モッちゃんは他に好きな人がいるからって言っていました」

と切り抜けようとした。するとどうだろう、そのさえない男子学生は、

「なら、君でもいい、今度の日曜に、逢ってくれますか?」

と場所を指定するのだった。

嫌悪で反吐が出そうになった。口惜しかった。傷ついた。腹が煮えくりかえった。当日、指定された場所近くの物陰からそっと覗くと、その男子生徒はそこにいた。わたしは素知らぬ顔で帰

宅し、胸の溜飲を思う存分下げた。

この頃から、わたしは父の変化に気付いていた。いや、もしかすると戦地から復員して来たその時からと言えるかも知れない。ただ、行方の解らなかった父が敗戦の翌年、突然玄関に姿を現わした時の感動と喜び、つららの下った鼻を拭いもせずに家族の前に立ったあの朝の、言葉では言いつくせぬ思いがしばらく続いていたし、間もなく引っ越しというあわただしい日常の中で、誰もが必死に一生懸命その時どきにかかわっていたから、かなりの期間父の変貌に気を廻す者がいなかったということだと思う。

一緒に暮らすのは何年振りだったろう。

戦局が危うくなって国が都心に住む国民に疎開を命じた。田舎を持たない子どもは学童疎開を余儀なくされ、わたし等の父は信州の在、島々の両親を説得して昭和十八年夏縁故疎開をした。しかし時をわかたず出征し、復員したのが二十一年春まだ浅き頃だったから、足掛け四年振りということになる。久方振りの同居故お互い照れがあるのかと考えたがそうではなかった。

東京での暮らしはどうだったか。父はとても子煩悩だった。幼かった頃のあれこれが懐かしく思い起こされる。教育熱心だった母に反して父は自由な人だった。笑顔を絶やさず、上野の動物園や遊園地によく連れて行ってくれたし、八の日のお薬師さんの縁日には、浴衣を着た兄弟姉妹や近所のレイコちゃん、キョウコちゃんも誘い大挙して繰り出したりした。もう少し大きくなったらテニスも教えてくれることになっていた。出張すると帰りには一人ひとりにお土産を――。

そんな父がわたし達は大好きであった。疎開する時の汽車の座席で、父はいつもの口ぐせでわたしに言った。

「ミヱコは背が高いからちょっと猫背だよ、くせになるから、いつもぴんと背筋を伸ばすようにしなさい――」

別れ別れになる最後のこの言葉は、その後のわたしの人生の中で大切な言葉として頭から離れることはない。


「ミヱコ姉ちゃん――」

二階にある共同の勉強机で教科書を開いていた弟のアキヲが、ふと鉛筆の手を休めると、隣りで国語の本を読んでいたわたしに声を掛けてきた、

「……?」

「あの――、さあ――」

「何よ――」

「お父さんさあ――」

「うん――」

「お父さん、何だか変だと思わない?」

しばらく返事ができなかった。だが、そうかアキヲも気付いていたのかと思った途端、突きあげてくる涙を堪えてわたしは大きく頷いていた。

「怖い目してるんだよね、話しかけられないんだよね」

アキヲが言葉を継いだ。面長な顔の、包み込むようなあの優しかった目。

「そうだね、何だかおっかない目付きしてるよねお父さん――」

「こないだヒデコが泣いてた――」

「え？　ヒデコが、どうして？」

次女のヒデコは色白な、目尻がちょっと下がっているが甘えん坊の明るい性格《たち》の子である。

アキヲは、復員し、引っ越しをしてからの父親の日常に触れた。わたしも思っていたことだけれど、どうやら仕事に就けないでいるのではなかろうか。電気技術の専門家である父の就職は難航しているようにみえる。毎日出掛けているが、何処かに決まって出勤しているという感じではないのだ。母も黙っているから子どもらに解りようもない。その日もぶすっとしたまま玄関を出ようとしている父に人懐っこいヒデコが、

「行ってらっしゃい、お土産買ってきてねお父さん！」

とはしゃいだ声を掛けると、

「なにぃ、もう一度言ってみろ!!」

と険しい目と声で応酬し、びっくりしたヒデコは泣き出した、という。

とげとげしい不安に満ちた空気が家中に漂っていた。黙りこくったまま朝起き、会話のない食事をし、お互いに顔色を窺いながら一日が終わる、そんな日が続く。父と母はどうなのだろう。夫が帰ってきて母は嬉しくないのだろうか。

わたしの幼さ故の誤解だと思うようなことがあった。ある夜、尿意を催しわたしはご不浄に立った。両親の部屋に沿った廊下の突き当たりがご不浄である。階段を降りて廊下にさしかかろうとすると、

「重い!!」

鋭い母の声が聞こえたのである。とっさにわたしが感じたのは父と母が喧嘩をしているということだった。忍び足で廊下を通りご不浄を済ませると蒲団にもぐり込んだわたしだったが、その後、長い間あの母の声が気になっていた。それはもうずうっと先になって、わたし自身が大人になった時、男と女が、夫婦が交わる時の発語の一つがあれだったのだと思い当たったのだ。それにしても倖せであるべき行為であるのに母にとってはそうでなかったことが、あの頃の置かれた事情を象徴しているのかも知れないし、わたしの両親の愛の姿であったのかも知れない。

具体的な問題がわたしに降りかかってきていた。年が明けても思うような仕事が得られない父ゆえ、家の経済が逼迫してきていた。

貧しい食事や食べられない日などは、疎開以来わたしたち家族にとっては日常茶飯、馴れっこ

になっていて、皆んな我慢することしかなかったのだが、わたしの学費、毎月の月謝が払えなくなったのだ。学校第一主義の母はそれまで何とか工面をして月謝袋にお金を入れ、渡してくれていたがどうにもならなくなって、「ミエコ、お父さんに頼んで頂戴」と無念そうに言った。気が重くて幾日かぐずぐずしていたが、滞《たま》っている学費をなんとか貰わねばとわたしは勇気を奮い立たせた。

日曜日、昼食を済ませた父が席を立った。すぐさまあとを追う。ぴしゃりと閉めた自室の障子に向って「お父さん！」返事がなかった。もう一度「お父さん、ちょっといいですか？」と恐る恐る言うと、「何だ」と父の返事、すかさずわたしは障子を開けた。

立ったままの父は冷たい目でこちらを見る。

「——月謝を貰いたいの——」

「………」

「女学校の月謝が滞ってるの、事務から催促されているの——」

「それがどうした——」

「だから——月謝を払いたいから——」

「………」

「お金を下さい——」

「そんなもん知らん」

「そんな――」

「何がそんな――だ」言葉につまったわたしは勇を鼓して叫んだ。

「学校へ行けなくなっちゃうじゃない！」

「行かなきゃいい――」

「そんな無茶な――」

「何が無茶だ!!」

激しくそう言った父は真っ直ぐにこちらを見た、そうして、思いもかけない言葉を発したのだ。

「俺が戦地でどんな目に遭ったかお前に解るか――これから同じことをしてやろう、そこに直れ!!」

恐怖でわたしの顔は引きつった、父は鬼の形相となっていた。後退《あとずさ》りをしながらわたしは素足のまま土間を飛び降り外へ逃げた。

何処から取り出したのか父は木刀のようなものを手に、同じく土間を飛び降りてわたしに向かってきた。わたしは逃げた、家のまわりを三周した。後ろを振り返ると、据わった目付きの父親は、悠然と木刀を振りながら速足で追ってくる。わたしは走る。しかも裸足《はだし》であった。本気で恐ろしくなってきた。裸足だなどと言っておられなかった。家を離れて駅への道に方向を変えた。振り返ると、まだ父は同じ間隔で追って来ていた、道行く人びとがびっくり顔で擦れ違う。

駅前の交番にわたしは飛び込んだ。

するとか父は、どうだろう、くるりと踵《くびす》を返すとそこから去って行ったのである。

息をはずませている裸足のわたしに、おまわりさんは、

「どうした、何かあったんかい――」

と問うた、嘘を交えて答えたわたしが落ち着くのを待って、おまわりさんは草鞋をくれ家まで送ってくれた。


この日を境に父の姿は家から消えた。

ここ西穂高に移って一年も経たない昭和二十二年の春だった。残された子ども五人と母、その母のお腹が大きくなっていた。母は仕事を探し、燈台もと暗し、大家でもある村長さんの下働きに雇われた。弟アキヲは新聞配達夫となった。

近くにある村長さんの家の中庭で大きなお腹をした母が、盥を前に洗濯する姿が垣間見られた。それを余所目《よそめ》に、わたしは定期券があるのを幸い毎日松本に出た。学校へは行かなかった、行く先は映画館であった。資金は、母の残り少なくなっている着物や帯、更に疎開させてあった書籍、「明治大正文学全集」や菊池寛、久米正雄、岡本かの子などなどを質屋や古本屋に持ち込んで得たものだった。南京豆ひと袋か干しいもを買い、敗戦後にどっと押し寄せるように上映された映画という映画を観た。南京豆がどんなに楽しみだっただろう、ポリポリ嚙みながらひたすらくり返し一日中映画館に入り浸った。やがて常連客のわたしを誘ってくれる人が出てきて、松本中央

劇場支配人が主宰する映画研究会に入会、入場料無料で映画を見られるようになる。だがその頃、わたしの行状は学校や母親に悟られるところとなる。当然の成り行きで愕ろかなかった。

　それよりわたしは、不良少女を装いながら日がな考えごとをしていた。

　百八十度変化した父のこと。神風が吹くはずの神国日本。神様と崇めていた天皇の人間宣言。

　戦争とは一体何だったんだろう。たかだか十五歳の軍国少女だったわたしに、この時点で解りようのない数々の事柄——疑問と不信の狭間の中で、ニュース映画などに映し出されるのは、かつての鬼畜米英が戦争に勝ち、マッカーサー率いる戦勝国軍が大挙して日本の中心部に上陸したこと、焼け野原になったその都には闇市とやらが出来て、人びとが溢れかえっていること。親、または保護者のいなくなった着のみ着のままの浮浪児達が、上野や新宿の地下道にたむろする無惨な姿。見るからに格好の良いマッカーサーと見るからに貧相な天皇が並んで写真に収まっている衝撃。戦争を裁く東京裁判とやらが始まるらしい、いや始まっているとの噂。

　夏の終わりに母は男の子を産んだ。

　同じ頃、杳《よう》として行方が解らなかった父の消息が伝わってきた。穂高の山里の炭焼小屋で練炭を作って生計をたてているというのである。赤ん坊を背負い、薄べったい風呂敷包みを抱えて、母は父の許へ出掛けて行った。帰宅した母は皆に集まるよう命じた、子どもらの前で風呂敷包みがほどかれると、硯と墨が中から現われた。そしてカーキ色のわら半紙には「命名、博仁〈ヒロヒト〉」と書かれてあった。

「あれ、誰の硯？」

「僕のだよ」

アキヲがそっと答えた。静寂が流れ、やがてざわめきになりそうな空気を制して母が言った、

「振り仮名をしてあるからタカヨシも読めるわよね、この児の名前です、ヒロヒト……」

皆、次の言葉を待ったがそれだけ言うと母は沈黙してしまった。

「お父さんは——お父さんはどうしたの、家に帰って来ないの？」

たまりかねたヒデコが訊いた。

「ねえ、お母さん、お父さんは——」

「解らないのよ、お母さんにも——」

わたしは、わら半紙に筆で書かれた名前、博仁をじいっと見詰めていた、何かが頭の中をくるくる揺さぶっている。

「ああっ——!!」思わず大きな声をあげた。

「ねえ、お母さん、ヒロヒトって若しかして今上陛下と同じ名前じゃないの、博じゃなくて裕だけれど」

「そのようね」

「そんな名前付けて大丈夫なの？」

戦前、戦中だったら不敬罪で特高に連れてゆかれる。

「そうだよ、お母さん、僕、嫌だよそんな名前。お父さんがそうしろって言ったの？」

「あなた達の名前をつけた時と同じにしただけよ、私は――」

それにしても、父は何故、ヒロヒト、などという名前を自分の子どもにつけたのだろう。

天皇陛下を敬ってのことか、好きであったためか、そうではあるまい。

つい先ほどまで、日本国民の恐らくすべてが、天皇は人でなく神であると教育され、信じていた。戦争をするのも陛下のため、戦場で死ぬのも陛下のおんため。決して国のためでもなく、ましてや家族のためでもなく、ひたすら天皇陛下のおんために死ぬことが誉《ほま》れなのであった。

「天皇陛下のおんために、死ねと教えた父母《ちちはは》の――」という歌をわたし達は歌った、本心で歌った。戦争で敗けた途端に天皇は神ではなくなった。

月謝のお金を父に催促した時、「戦地で俺がどんな目に遭ったか、同じことをお前にもしてやる」と呻くように言った父。親が子どもに言う言葉とはとても思えない――。妻にも子どもにも一言もなく山に籠り練炭を作って暮らしている父。

解らない――想像を絶するほど人格が変わってしまった父。解らない、解らない、解らないことだらけであった。神風など吹かず、日本全土は焼野原となった。原子爆弾がヒロシマ、ナガサキに落とされた、沢山の国民が死んだ。戦場で父達はどのような戦いをしたのか、父は三十過ぎの出征で二等兵であった。

時間をひねり出しては、まだ首の坐らない赤子を背負い、母は炭焼小屋通いをせっせとしていたが、回を重ねるごとにその顔は暗くなっていった。

昭和二十二年が暮れてゆき二十三年を迎えた。新学期が始まってすぐ、担任の女教師から母に学校に出向いて欲しいとの通達があった。無断休学を続けていたわたしは、ああ来たなと居直り不貞腐《ふてくさ》っていたのだったが、母の持ち帰った話に肩透かしを喰った。

何をどう話しあったのか推測するしかないけれど、結論として、二十三年度の看護婦養成所の試験を受けてみてはと女教師が勧めたと母が言う。学歴にこだわる母としては現状の中で涙を呑んでの選択肢なのだろう。

幸いなことに三年生のわたしは、女学校卒業の資格が得られるのである。戦時学校令は廃止され、戦後学制改革が四月より実施されるが、変動期に当たり、六三三制、即ち小学校六年、中学校三年、高校三年となるはずが、うやむやというか混乱というか、女学校三年或いは四年卒業という方法が通用するのである。

「その話で納得することにしたんだけど――」

信州大学医学部看護婦養成所が、看護婦の卵を募集していて、受かると寮生活となる。二年間養成と実地訓練をし免状が与えられ、一人前の看護婦になることが保障される。

わたしは快諾した。何の躊躇もなかった。口《くち》べらし――ひとり口べらしするだけでどんなに家計は助かることか、理由はそれだけで充分であった。学校生活に何の未練もなかった。だいたい、三年間一体何を勉学したろう。半分は勤労奉仕に明け暮れ、半分は敗戦後の混乱《どさくさ》の中で教師自身どう生徒に対応したらよいか解らぬ毎日――。敗戦を境に活き活きと舌舐《なめず》りをしながら、「ジス、イズ、ア、ブック」と授業に身を入れたつるつる頭の英語教師と、生徒に人気があった体操の女教師しか記憶の中にはない。

信州大学附属病院の試験日と女学校の卒業式が同じ日だったため、わたしは卒業式に出席することが出来ず、卒業証書を貰ったかどうかいまもって定かではない。

こうして、長野県立松本第一高等女学校から蟻が崎高校と名称が替った母校と級友に別れを告げ、わたしは、信州大学附属病院看護婦養成所の生徒となった。

時を同じくて弟のアキヲも小学校を卒業した。母の雇用主である西穂高村の村長さんが、松本在住の知人の歯医者さんを紹介してくれ、住み込みの書生としてアキヲは昼間は働き夜学に通うことになる。県立松本第一中学校が新制深志高校と校名が替り、その夜間部への入学である。

上のふたりが家を出ることになった。口べらしとは言え、残されたのは赤ん坊と三人の幼い子ども、わたしもアキヲも後ろ髪を引かれる気持だったが、先行きない追いつめられた現実の中で、与えられた職を選ぶしか道はなかった。

信州大学附属病院は、松本の中心街よりやや奥まった処に威風堂々と聳え立っていた。広い薬局を中央に廊下を隔てて放射線科、皮膚科、泌尿器科、右手を歩くと内科、小児科、左に目を向けると外科、産婦人科、裏手に入院病棟と看護婦寮。

わたし達二十三年度乙種看護婦研修生は八名で、各科に一人ずつ配属された。順を追ってすべての科を廻るのだが、わたしは薬局が最初の配属先であった。

看護婦寮の一番奥の細長く広い畳部屋が住いである。全員枕を並べての合宿生活だ。朝六時起床、食事のあと配属されたそれぞれの科の掃除をし、午前中は研修に身を置き、午後は机に向っての看護学の学習である。

好奇心一杯な新入生がまたたくまに覚えたのが、身近で使われる医学用語だった。クランケ（患者）、ハルン（尿）、ギネ（婦人科）、デルマ（皮膚科）、テーベー（結核）、ヘルツ（心臓）、オペ（手術）、プルス（脈拍）、医学用語ではないけれど、リーベ（恋人）、エッセン（食事）、ベーゼ（接吻）、などなどわくわくしながらすぐに覚えた。

エッセン、食事である。寮の入口近くに広々とした食堂がある。敗戦直後は、戦時中より更に食糧難のご時世で、ここ看護婦寮もご多聞に洩れず質素でつましい食卓なのは仕方のないこと、麦が混じっているとはいえ三度々々米のご飯であった。

朝は味噌汁と漬物だが、昼と夜は煮物か焼き魚などのご馳走だ。その主食のご飯だが、面白いことに丼《どんぶり》の蓋《ふた》に盛られているのである。全員、丼の蓋が茶碗がわりなのでてんこ盛りとなってお膳にずらりと並ぶ。何とも不思議な光景だ。本体の丼は何処に隠してあるんだろう。お菜《かず》がよそわれてはいないのだから何処かにあるはず。上手に食べないと崩れ落ちてしまう蓋盛りご飯には首を傾げるおかしさだった。

だが、丼の蓋を笑っている暇もゆとりもすぐに掻き消された。半月もたたぬうちに、一年先輩の看護婦達の得もいわれぬ制裁が始まったのだ。消燈一時間くらい前、広間に集合するように通告されたわたし達は何事かと恐る恐る連れ立った。それは制裁としか言いようのないものだった、わたし達に正座を命じ、自分たちは仁王立ちで腕を組み睨みつける。話の中味はというと、廊下を走るな、エッセンは静かに食べること、洗面所でのお喋りは禁止、まるで小学生に対する訓戒である。

週に二度それは行われる。何度目かの時だった。わたしが名指しされた。緊張と恐ろしさですうっと立ちあがったその瞬間、内股から、何かが伝わってきたのをわたしは感じた。それは生暖かった。とみる間にずるずると足を伝わり畳に落ちた。初潮であった。

しかしわたしは知らなかった。それが何なのかを知らなかった。ただ呆然と突っ立っていた。上級生の一人が叫んだ。

「何だいあんた、何ぼんやりしてんの!!」

「――」

「今日はこれでお開き。ちょっとほら、誰かその汚れたとこ拭いたらどうなのさ!!」

同級生達が皆で労《いたわ》ってくれた、恥ずかしかった。


薬局勤務は精神的にとても柔らかな心で臨める職場だった。空気がゆったりと爽やかで、初日に拍手で迎えてくれた五人の薬剤師達の顔付きを見て、わたしは嬉しかった。多分、長に立つ人の人柄のせいなのだろうと思う。四十五、六と思えるその人は穏やかで、包み込んでくれるような雰囲気を持っていて、皆、きびきびと明るく働いている。

わたしの仕事はというと、掃除の他は薬包紙を整理したり、並べたり、薬箱から移された薬を丁寧に優しく包装することだった。それ以外にすることはなくあとは調合する薬剤師の手許を見学したり、命じられればクランケを窓口で呼んだりといったことで半日の研修は終りを告げる。

その長のノノムラさんが奥の事務室から顔を覗かせ、

「ああ、オクハラさん、ちょっと……」

とわたしを手招きしたのは、薬局勤務も二か月半を過ぎ、あと僅かで次の内科へ移動という梅雨の最中《さなか》のことだった。単刀直入にノノムラさんはわたしに訊いた、

「君ねえ、躰の調子はどう?」

「——えっ?」

「いや、だるい、とか、しんどいとかない?」

「はい、別に――」

「その咳《せき》だけど、いつ頃からなの」

そういえば妙な咳が続くのには気がついていた。軽くこみあげてくる咳に時々手の甲をあてがっていたのだ。

「そこに体温計があるから、ちょっと測ってみなさい」

七度五分あった。ノノムラさんは言った。

「内科に連絡しておくから、今日の午後診察して貰いなさい」

その顔はいつになく厳しかった。

午後、診察を受け、レントゲン写真、血沈、痰の採取。結論は一週間後判明した。結核であった。肺の左下葉に浸潤があった。

勤務が解かれ、実家に電報が打たれた。

何があったのか解らず急いでやって来た母とわたしは、総婦長の部屋に呼ばれた。総婦長は従軍看護婦として戦場に赴いていた人で、品位と慈愛に満ちた風格ある女《ひと》であった。母とわたしを前にして椅子から立ち上がると、深々と頭を下げ、椅子を勧め静かに語り出した。

「先ずお母さまに――大切なお嬢さんをお預かりしながら、このようなことになったことをほんとうに申し訳なく思っております」

「何かありましたのでしょうか？」

「ミヱコさんが、肺結核に罹っていることが解りました。左下葉肺浸潤です。開放性ではありません。全責任を持って治療を致します。今後の方針として今迄通りの寮生活をしながら講義だけは出席し、実習は取り止めて診療の時間に当てたいと考えております。お母さま、ご心配でしょうが幸いここは病院です、安心してお任せ下さいますよう心よりお願いしたいと存じます」

総婦長は余計なことを一切言わなかったが、母の心は複雑だったと思う。肺結核と告げられて驚愕したが、同時に、若し引き取って欲しいと言われたらどうしよう——とっさにそう考えたに違いない。

治療が開始された。

パスと人工気胸である。パスは飲み薬だ。人工気胸とは、病巣に空気を送り込んで侵された肺を押し縮める療法である。週に二度これが行われるのだが、まことに原始的な療法で、ベッドに横向きに寝て腕を揚げると、先ず局部麻酔の太い針がブスッと脇腹から患部めがけて突き刺される。次に空気を注入する更に太い針がえいっとばかり病巣へ——すると、ぶくんぶくんと空気が体内に入る音が聞こえるのである。

時間にしてどのくらいなのか患者であるわたしには解らないけれど、ぶっくんぶっくんと音をたてて空気が注入されるのは不気味で何とも恐ろしかった。

お互い松本市内にいながら七か月近く逢うことのなかった弟のアキヲが寄宿舎を尋ねて来たのは、十月半ばを過ぎた日曜の昼下がりであった。信州の冬は夙く、そろそろ冬将軍の足音が忍び寄ってくる季節だが、この日は朝から陽が燦々と降り注ぐ暖かな日和だった。

舎監の許しを得てハーフコートを羽織り、小走りに玄関へと急ぐと懐かしい顔が待っていた。

「あれっ、外へ出ても大丈夫なの」

「外出は駄目だけど、院内ならいいの」

入院病棟をぐるりと巡ると、ベンチが置かれた広々とした庭があり、ささやかだがテニスコートもみえる。銀杏の木が幾本かあって、まばゆい黄色の葉が乱舞しながら地面を敷きつめてゆく。

連れ立ってゆっくりと歩きながら、しばらくぶりの弟が背も伸び凛々しく成長している姿に、嬉しさが込みあげてきた。

「あんた、背が伸びたんじゃないの」

「そうかい」

暖かそうなベンチを選んでわたし達は腰を降ろした。

「姉さん、躰の具合はその後どうなの?」

あらまあ、姉さんだって——ついこの間迄ミヱコ姉ちゃんって言ってたくせに、可笑《おか》しくてわたしは、ついくすりと笑った。

「何笑ってんだよ、具合はどうって訊いてるのに」

「ごめん、うん、ぶくぶく治療やってるからそのうち治るでしょ」

「え、何? ぶくぶく治療って」

「太ーい針を脇腹から患部に刺してね、空気を入れるの。ぶくんぶくんって音が聞こえるの、凄いでしょ」

「へえ——怖そうだね、薬は飲んでるの?」

「アメリカにはね、ストレイプトマイシンとか、ヒドラジットとかって名の結核の薬があるそうなんだけど、日本は敗戦国だしね、ないのよね。第一凄く高いんだってさ」

「どのくらいで治るの、病気」

「そんなこと解らないわよ。でも長びくんじゃないかなあ——。それよりさ、アキヲ、あんたちゃんと学校行ってるの」

「うん、家の人達、皆好い人でね、僕は大丈夫。ただ、仕送り迄手が届かなくて」

「それはわたしだって同じよ、今や病院のお荷物だもの、仕送りなんてとてもとても。西穂高、みんなどうしてる?」

「八月頃かな、お母さん此処へ来ただろ」

「あ、そうそう、それがね、わたし治療のあと寮で寝てたのよ。そしたらとんとんって窓を叩く音がするんで起きたら、お母さんじゃないの、裏口から入ったらしいの。びっくりしちゃった」

母は小さな包みを手渡すと早々に帰ってしまった。包みを開けてみてわたしは目がうるうるした。茹で卵が二つとザラメが入っていたのである。甘いものに飢えていた国民に砂糖（ザラメ）が配給されていた。同室の友人達も実家から貰ってきて、薬局で処分される注射液の空箱に入れてペロペロ舐めるのだ。彼女らはそれだけでなく米や味噌を運んで来て、電熱器でごはんを炊いて夜食にしていた。育ち盛りには寮の食事だけではやはり足りないのであった。

わたしにとって、母からの差し入れ、塩も添えられた卵とザラメはどんなに嬉しく、情愛を感じられるものだったろう。

「お母さん、その時何も話さなかった？」

「うん、だから、すぐ帰っちゃったのよ、何にも――」

「――」

「何かあったの、アキヲ」

「お母さんが急いだのはね、ヨシコ伯母さんとチヨコ伯母さんを待たせていたからだよ。チヨコ伯母さんはミエコを見舞いたいって言ったんだけど、ヨシコ伯母さんが、肺病がうつると嫌だから私はいきませんよって言ったんだって」

「ちょっと待ってよ、どういうことなの。伯母さん達が、何で来たのよ」

アキヲは意を決したように話し出した。

「姉さん、愕ろかないでよね。躰に障るといけないけれどいずれ解ることだから――。結論を先に言うよ。お父さんとお母さん離婚することになるんだ。僕達がいた頃からお母さん、幾度も山へ行って話しあったらしいけど、事態はどんどん悪い方向に行ったみたいでね、覚悟を決めたのがいつ頃なのか僕は知らない。今、家庭裁判所に離婚調停を申し立ててるんだよ。その立会人として伯母さん達、東京と静岡からもう二度も来てくれてるんだ。今年の終わりには決着は着くそうで、子どもはそれぞれ三人ずつ引き取るんだってさ。僕達に何の相談もなく勝手だなと思うけど」

ここまでを一気《いっき》に喋ると、十三歳の弟は重たい荷物を肩から下ろしたように、溜め息ともつかぬ深い吐息をふうっと吐き出した。

発する言葉もなく、わたしは、刻々と変化しながら流れゆく遠くの空の雲を見詰めていた。

ふたりともしばらくそうしたままでいた。

「ミヱコ姉ちゃん」昔の呼びかたでアキヲが話を続ける、

「気になるだろうから三人ずつの分け方を言うとね、お母さん、旧姓のサノに戻るだろ、そのサノを名乗るのはミヱコ、アキヲ、ヒロヒト。中のヒデコ、サワコ、タカヨシがお父さんってことにほぼ決まったみたいだよ」

「あの子たち、山小屋に行くの？」

「まさか、一度行ったこともあるけどあんな処に四人も住めやしないよ。立派な技術者なんだから、ちゃんとした仕事見つければいいんだ」

「ねえ、アキヲ、お父さん、何であんなになっちゃったんだろう」

「うん、全く別人だよね、よく解らないけど、戦争に関係あるとしか考えられない」

忘れられないあの日の出来事を思い出す。学校の月謝を下さいと言い、ないと言われ、やりとりの末に鬼の形相となった父に木刀を振りあげられ、裸足で外へ逃げ出したあの日。父は言った。

（俺が戦地でどんな目に遭ったか、お前にもお前達にも同じことをしてやる！――）


日本国民衆のすべてが命懸けで参加した戦争。最前線で銃を持った兵士らが最も過酷に血を流したことは事実だが、銃後にあって国を守ろうとした女・子どもも血を流した。空爆され、原子爆弾を落とされ、焼土と化した国土で多くの命が失われた。人々はあらゆるものを失い、そうして飢え続けた。間違いなく血を流した真実がそこにある。

だが、父の発言は、どこか次元が違う感じがどうしてもしてしょうがない。それは一体何なのだろう。

「ミヱコ姉ちゃん」

「――」

「姉さん！　どうしたの、何考え込んでるの」

アキヲの声でわたしは、はっと現実に戻った。

「えっ、ああ、ごめんなさい、ちょっと――何が何だか解らなくなっちゃった――。お母さんとヒロ……」

ここでわたしはことばが詰まる。ヒロヒトという名前にまだ真正面から向きあえないでいる。

「うん、お母さんはヒロヒトを連れていく」

アキヲが引きついでくれた、

「住み込みで働くことになる――」

「住み込みって、何処に」

「松本市役所に勤めているフジサワさんって人が近所にいるの、姉さんも知ってるだろ。その人の世話でね、松商学園の寮母の仕事が決まったんだ、年内で止める人の替りに」

「へえ――」

恐らく教員だった母の職歴が役立ったのかも知れない。ともあれ路頭に迷わずに済みそうなのは救いであった。

「だいぶ陽が翳ってきたね、姉さん、風邪引くと大変だよ、僕もそろそろ帰らなくちゃ。いろいろはっきり決ったらまた知らせに来る」

ベンチから弟は立ちあがった。それを見上げながら、

「あんた、西穂高へ近々行く?」

「うん、お母さんひとりじゃ可哀相だからね、手伝いに行こうと思ってる」

「どうぞよろしくお願いします。何も出来なくてごめん」

「――」

「それでね、お願いがあるの」

「何?――」

立ちあがって歩き出しながら、

「押し入れの奥にね、本があるの知ってるでしょ。よくまあお母さん、あれだけ疎開させたって感心してるんだけど、何冊でもいいから持って来てくれないかな。『世界文学全集』のドストエフスキーの『罪と罰』とね、『明治大正文学全集』の倉田百三『出家とその弟子』、あ、それと、ええと何ていう作家だっけ、あっそうそう、ゾラの『ナナ・夢』読みたいの。今なら読む時間一杯あるのよ、悪いけど、お願い!!」

「いいよ、すぐって訳にはいかないけどね、それはいいけど、姉さん本持ち出してただろ」

「あれ、知ってたの」

「お母さんだって知ってるよ、怒ってたよ、どうしたのさ、本――」

「古本屋に売りとばした!」

「ええ!――、そのお金、何に使ったんだよ」

「映画観た」

「不良少女だね」

「いま、本、なかなか手に入らないでしょ、あってもワラ半紙みたいなひどい紙じゃない。古本屋がびっくりしてたわよ、うんと高く買ってくれた。でも、もう売ったりしないから。ちゃんと読んで大切に仕舞っておくから、お母さんにもそう伝えて――」

病院の正門まで見送るとアキヲは片手をあげて、

「じゃあ、躰夙《はや》く治りますように――、元気でね！」

「あんたも、元気で――」

姿が見えなくなるまで見送り、わたしは、しばらくはその場に立ちつくしたままだった。


毀れてしまった、家族が――。

バラバラに解体されてしまった。そう、屋根の瓦の一部が落ちれば、その余勢で残りも崩れ落ちるように、家庭という組織が見事なまでに毀れてしまった。

落ちた瓦の一枚一枚を一人ひとりが拾うしかない。拾ってそれからどうしたらよいのか途方に暮れる。

誰ひとり、帰りゆくべき巣はあとかたもなく失われたのである。刻を迎えての、それぞれの誇らかなる旅立ちではない。

生まれて間もない赤ん坊、右も左も定められぬ、おぼつかぬ幼児。子どもを含んでの、市井の片隅に息していた一家族の離散であった。

冷たい雨

一

山手線新大久保駅のホームに桃子の手を引いて夏子は降りた。左手に握りしめているメモの小片が、強く心を圧迫してまるで鉛の塊のように重い。

これから自分のしようとしていることの結果を思うと、おぞましさと恐ろしさに心臓が高鳴ってくる。だが打ち消すものもあった。

達夫が二か月も家へ帰らない。

一週間ほど前、達夫のズボンにブラシを当てていると、ポケットから汚れたハンカチや摺り切れた塵紙と一緒に、手帳の切れ端が出てきた。何気なく見るとそれにアパートの住所が書きつけてあったのだった。

その時は見過ごしたのだが、一日二日とたつうちにしきりに気になってきた。この二年間、無断外泊が続いた達夫だが、夏子は、徹夜麻雀だと言う達夫の言葉に疑いを持ったことがなかった。一夜の外泊が二日となり三日となってゆき、やがてぱたりと何の連絡もなしに達夫は帰らなくなった。

それでもまだ夏子は、その向こうに女というものの存在を考えることを頑なに拒んでいた。

達夫の所属する事務所か或いは出演中の放送局に問い合わせれば事情が摑めることは解っていたけれど、夏子の誇りがそれを許さなかった。

しばらくぶりの外出に桃子ははしゃいで、歩く母親のまわりをスキップしながら飛び跳ねている。線路に沿った崖下の細い道をメモを頼りに辿り、左に折れ右に曲がり二十分ほど歩きまわったが、目指すアパートに行き当たらなかった。角の交番で年輩の巡査が退屈そうに道往く人々を眺めていた。桃子の手を引っ張ると夏子は思い切ってその交番に入った。

「どれどれ——ええ——と、亀有荘ね、聞いたことあるなあ……」

巡査は、壁に貼られた地図を目で追い、

「あー、ここだここだ、この角をね、右に行くと線路下に突き当たりますんでね、線路づたいに右に新大久保へ真っ直ぐ歩けばいい——すぐ右側にありますよ」

巡査の言葉通りに、元来た道に向かう夏子の心臓が再び早鐘をつき始め、同時に思考が衰えて行くのが我ながら腹立たしい思いであった。

良く晴れた暑い日で、右側に立ち並ぶしもたやの物干しには色とりどりの洗濯物がはためいている。

ふと、二、三軒先の二階家の窓に、夏子は見覚えのあるポロシャツと肌着を認め、ぎくりとして立ち止まった。

——あれは何だろう、何故、あそこに達夫のシャツと下着が干されているのだろう——。

理解のほかであった。ぼんやりと夏子は立ち竦み、太陽と風に晒されてくるくると靡いている洗濯物を長いこと見上げていた。

その時、とんとんと軽快な足音をたててアパートの階段を下りて来た若い女があった。右手に財布を持ち、素足にサンダルをつっかけ、今起きたという顔つきの色白な、目の細い髪の毛の長い女であった。

女は、出逢いがしらの夏子と桃子を見て一瞬立ち止まったが何の感情も見せず、かすかに口元に薄笑いを泛かべただけで軽く会釈らしいものを残して、二人の脇を通り抜け走り去った。

——あれは確か劇団の研究生だ……

達夫と夏子が所属しているS劇団と最近合同したT劇団の研究生であるその女を、劇団会議の席上でいつか見かけたことがあるのを夏子は記憶していた。

——何故、あの女がこのアパートにいるのだろう……。

混乱した頭をひと振りすると夏子は、洗濯物の干されている部屋を目当てに階段を上って行った。

突き当たりの部屋のドアが、いま人が出て行ったという感じで開け放たれていた。

〈秋野〉と達夫の本名が表札にかかげられている。

不思議なものに引きつけられるように夏子は戸口にたたずみ、ごめん下さいと声を掛けた。応答はなしに、一間のアパートの勝手先にぬうっと顔を出した上半身裸の男が達夫であった。丸見えの布団は抜け出た人型のままタオルケットが皺んでいる。

向きあったまま、達夫も夏子も桃子も言葉を発せずただ顔を見合っていた。

どのくらいそうしていたろう。やがて先程と同じ足音がひびいて、先刻すれ違って去った女が煙草を手にして戻って来た。

女も、達夫も無言のままだ。大きく体が揺らぎ、がくがくと震え出す膝を必死な思いで夏子は踏みこらえた。

時間が通り過ぎた。

ふと我に返ったように達夫が、プイッとした表情を隠そうともせず部屋に戻り、間もなくズボンを穿き上着を着て出て来た。達夫は「すぐ帰る」と女に耳うちすると、まだ呆然としている母娘を顎で促し外へせかせた。

戸外は太陽が真上に輝いていた。炒りつける熱光が容赦なく頭上から被さってくる。線路の電線に止まっていた燕が二羽低飛行を試みながら空の向こうへ飛んで行った。

桃子の手を両方からつなぎ五百米も歩いた頃、達夫が初めて、

「……これからどうするつもりだ」

と、くぐもった声で言った。夏子は驚いて達夫を見た。

「どうするつもりって……それは私の言う言葉だわ」

それに対する答えはなく、奪うように、

「どうして解ったんだ……」

と達夫は訊いた。

「ズボンのポケットに——住所を書いたメモが入っていたわ……」

「何で人のズボンを探ったりするんだ……」

「そんな……」

こらえつづけていた哀しみが噴きあげて来て夏子が声をつまらせ、思わず桃子の手を放すのと、達夫が、やにわに娘を抱きあげ皺めた眼をまたたかせて足早に歩き出すのと、同時であった。

「とにかく帰って来て頂戴……私達まだ何も話しあっていないわ……私には何が何だかさっぱり解らないの。あなたのしていることが解らないし何を考えているのかも解らない。このまま家へ戻ってくれるわね、お願いよ！　話しあいたいのよ私、ね、お願い！……」

「そのうち帰るよ……」

と、いまいまし気に達夫は答えた。

二

布団をのべ、スタンドの燈を点けたまま達夫の帰りを待ちわびたが、一週間待っても達夫は帰宅しなかった。うとうととまどろみながら、僅かな物音にもふっと目を覚して耳を欹《そばだ》ててみる——。

ひたすら道を歩きつづけ、歩きまわり、夏子が何をどう言っても問うても曖昧に言葉を濁すだけで、ひとつとして納得できぬままに追い帰されてしまったあの日が無性に悔まれる。

首に縄をつけてでも引っ張ってくるべきだった。いや、土下座をしてでも、とにかく家へ帰ってくれと懇願すべきであった。

そのうち帰るというそのうちとは何時のことか。それまで、鋭いこの針のむしろの拷問と、どくどくと音をたてて心臓の壁を咬んで止まない苛立ちにどう耐えたらいいのだろう。

しんしんと更けてゆく魔の時間を縫って、あの寝起きのしらじらとした、素顔の青白い女の顔と、上半身裸で寝床を抜け出して来た達夫の妙にうす黒い顔が、ふたつ並んで夏子の胸にのしかかってくる。

まざまざとよみがえるものがあった。

或る夜、仕事を終えて帰宅した達夫が、夏子の知らぬブリーフを穿いていたのである。

「あら、これどうしたの?」

不審気に訊いた夏子に達夫は、

「ああ、破れちゃったんで買ったんだ」

と事もなげに答え、なおも問おうとするとうるさそうに寝返りを打った。

――だって何処で履き替えたんだろう、何で破れたりしたんだろう……。不意に湧いた疑念を夏子は追い払い抑え殺した。

だがそのほかにも、いま思えば疑わしいことが幾つかあったのだった。あの塵紙にしたってそうだ。夏子の持たせてやったのではない、見なれぬ懐紙の束を何度も夏子は目にした――。

ブリーフ――懐紙――。

夏子は呻き声をあげ身を起こした。

「ああ………」

羞恥――嫉妬――怒り、激しく混ざりあうそれらの情念の向こうにありありと達夫と女が縺れあう姿が泛かんできた。

夫が――あの人が、自分以外の女と――しかも一室を借り、表札をかかげ同棲同然の暮らしをしている……思いも及ばぬことであった。

――信じられない……許せない――。

深い穴の底に落ちて行くような絶望感に夏子は身を捩り、顔を覆った。

それにしても何と迂闊だったのだろう。麻雀だったんだ、仕事だ、外泊をそう言い言いした達夫の言葉をそのまま鵜呑みにし疑おうともしなかった自分が、まるで間の抜けた人形のように思えてくる。

常識では考えられぬほど家を明け、しかもおかしいと思える様々な情況がありながら、それでもなお、あの人は私を愛しているものと思いこんでいた単純さ……。

それほど真っすぐに夫を信頼していたと言えば愛らしく聞こえはいいが、心の底では何とはなしの不安も時折抱き、揺れ騒ぐ心情を持て余してもいたのだった。

それらに目を塞いだのは全体何だったのだろう。

無意識のうちに、夫婦であることへの絶対感、妻の座の安全圏に対する依頼心が若しあったとしたら、何と傲慢な、愚かしい間違いを犯していたろう。

込みあげてくる達夫への憎しみに胸を掻きむしられながら、浅はかな独り善がりで盲目になっていた自分が、夏子はわれながら滑稽に思え、また哀れでもあった。

——二年もの間、私はだまされていた……。

スタンドの灯を消すとこらえ切れずに夏子は枕の覆いを噛み嗚咽した。

三

達夫と夏子が初めて恋心らしきものを感じあったのは、六年前の酉の市の夜である。

達夫がS劇団、夏子はH劇団にそれぞれ所属する新劇俳優であった。同じ建物の一階と二階に劇団稽古場のある二人は、それまで何度か顔を合わせていたが、単に挨拶を交わすに過ぎない間柄だった。けれども、その時折の達夫の視線にかすかな情感が漂うのを夏子は敏感に受け留めていたのだった。

折しも、S劇団のホープとして、次回公演『プラトン・クレチェット』の主役、青年医師プラトンを配役されていた達夫は、厳しい稽古に汗を流す日夜を送っていた。そんな或る日の稽古後、同じ出演者である一組のカップルと酉の市へ行く約束をした達夫が、夏子を誘ったのである。

だが現地で落ち合う筈だった友人らは何故か姿を見せなかった。

ごった返す浅草の街を歩くうちに人込みに揉まれ、二人はいつの間にか手を握りあっていた。夏子は達夫の手のぬくみに何か安らぎと信頼を覚え、体中が次第に温かくなってくるのを不思議に感じていた。けれども心とは反対にころころと笑いが込みあげてくるのである。

上体を屈めて笑いながら歩く夏子の顔を、繋いだ手をそのままに横あいから達夫はじっと見つめた。

金魚を掬い、綿アメを舐め、おでん屋の屋台に首をつっ込んだ。

「トムさんの演出、きついんですか?」

湯気の昇るこんにゃくに口を尖らせながら夏子が訊いた。

トムさんとは、達夫の所属するS劇団の創設者で、劇界の大御所的存在の演出家の呼び名である。

「いや、細かいダメ出しなどは一切しません。あの顔でニコニコしながらただ黙って稽古を見ているだけです。それだけに、こわいと言えばこわいです」

いがぐり頭の丸い顔に笑みをたたえ、タンクのような体にジャンパーを着込んで、口には絶え間なく煙草をくわえ、灰の落ちるにまかせている演出家トムさんの姿は有名で、夏子もとうから聞き及んでいた。

「そう……一度、私も演出受けてみたいなあ」

雑沓をはずれると、静かな、下町らしい街並が続く。街はずれに公園が見えた。

「ブランコなんて、何年振りかしら……」

僅かに揺れているブランコに二人はそれぞれ腰を下ろすと空を見上げた。星も月もない夜だった。樹々はもう殆ど葉を落とし、そこここで落葉がかさこそと小さな音をたてている。

「年を訊いていいかしら?」

ふと夏子が言った。

「八年——二月二十二日生れです」

「え? なあんだ、随分若いのね、私は七年八月七日、私より上だと思ってた……」

夏子はすうっと相手から遠のいた距離にいる自分を感じた。

「何故です、年なんて問題じゃあない……それにたった半年の違いじゃないですか」

達夫はひどくムキな調子で言い返しながら夏子を真剣な顔付きで見た。夏子はそんな達夫から圧倒されるような思いに愕きながら拗ねた口調で言った。

「私ねえ——駄目なのよ……、何もかも嫌になっちゃってて……芝居も、恋も——何もかも自信ない——自信がないのよ」

「僕——あなたのこと何ひとつ知らないけれど……そんなこと言うもんじゃあない——、そんな風にしか言えないけど……。ただ、こうも言いたいんだ——君のことをもっと知りたい……、そう思っているんだ」

夏子は或る演出家との恋に破れていた。婚約者がいることを知らずに恋をし、その女性の美しく、すぐれた人柄を或る日知らされてしまった。

突然夏子を訪れて来たその女《ひと》は言った。

「Nが言いました。俺は迷っているんだ――高山夏子に惚れてしまった……と。私は愕然としました。省みなければならない数々のことにその時気付いたのです。Nは私のいのちです。お願いします、私にお返し下さい……」

ああこの女《ひと》に私はとてもかなわない――夏子は烈しい敗北感を感じた。そして潔く身を退く決心をしたのが、ついこの間のことだったのである。

達夫の生一本な真面目さに惹かれて、誘われるままについては来たものの、夏子の中にはまだ次の恋をしようなどという心のゆとりは毛頭湧いていなかった。

気がつくと、とっくに電車のない時刻になっている。二人は思わず顔を見合わせた。車で帰る金の持ち合わせなどお互いに無いのは言わなくとも解っていた。夜っぴて歩こう、達夫がそう言い、達夫の腕にすがり頭をもたせかけて夏子は歩いた。あいまいな気持が、沁々とした幸福感に変わっているのを夏子は感じ始めていた。

そんな時に雨が降ってきたのである。始めはポツポツだったのが、次第に雨足が長くなり、やがて篠突く雨となった。

道の両側に旅館が立ち並んでいた。衣類を通して冷たい雨と夜気が体をふるわせる。だが二人とも、それを言い出すほど世慣れていなかった。しばらくそうして歩いたのちに、たまりかねたように達夫は夏子の顔を見ずに言った。

「とにかく、ここへ入りましょう……」

おずおずと玄関に入った男女に女中が小さな部屋をあてがった。床が一つだけ敷かれている。ぬれそぼった上衣を脱がすと、尻込みする夏子を無理やり横にならせ、達夫は枕元にあぐらをかいて座り込み腕を組んだ。そうしたままで夜を過ごそうとするらしい達夫を見上げながら、

「それじゃあ、風邪を引いてしまうわ、こちらを向きますから、どうぞ布団に入って下さい……」

勇を鼓して夏子は声を掛けた。

寒さと疲労に、「いいんだ、大丈夫だから」と言っていた達夫も、ようやく夏子の頼みを聞き入れ布団に足をのばしたが、背中合わせで体を硬直させたまま二人は寝つかれずに朝を迎えた。

しらじらと夜が明け、朝の光が小さな窓からさし込んで来ていた。

早ばやと息づまる旅館を飛び出すと、二人は一番電車に乗り、渋谷から三の橋にある劇団へと急いだ。

翻訳劇のために染めあげた、朝の陽光にきらりと輝く栗色の達夫の頭髪を眩しい思いで眺めながら、

――私はこの人と結婚するかも知れない――と夏子はふと思った。

二、三日が過ぎ、心ばかりの手作りの夕食をととのえた夏子は、稽古を終えた達夫を原宿の四帖半の下宿に招いたのである。

四

桃子と一緒に、四国へ帰る舅と叔父の和則を新宿まで見送りに行き帰宅した夏子は、着替えをする気力も失せ、へたへたと畳に座り込んだ。

三日ほど、西荻窪にあるこの八帖と四帖半のアパートは人いきれに満たされていたが、今はまた元に戻り、晩秋のうそ寒さが急に広々とした感じの部屋の隅々から漂い寄ってくる。

急な義父達の上京は夏子を驚かしたが、風の便りで娘と孫の現況を知った郷里の母が、思い余ってそれとなく手紙を差し出したことをその時知り、困惑と希望の入り混じった複雑な気持であった。

呼びつけられた達夫は硬い表情を崩さなかったけれど、さすがに父と叔父の手前素直な受け答えをするしかなかった。

女ができたから家を捨てたのではない、と達夫は言う。家庭が嫌になった、女は別問題だ、だから割り切った交際《つきあい》でいつでも別れられる、と断言するのである。叔父に問われ、ここで始めて、女の名は林田妙子、劇団の研究生であることを達夫は告げた。

しかし、夏子の問う、何故そんなにも嫌になったのか、その林田さんから私への中傷が原因と聞いたけれど一体それはどんな中傷なのかについては、頑として達夫は口を噤んだ。

堂々めぐりの話し合いに暮れた三日ののち、憮然として義父達が帰郷しようという間際になってやっと、とにかく、女とは別れ一度帰宅することを達夫は皆に約束したのだった。

夏子に好意を持つ和則叔父は、どんな力にでもなる、挫けずに生きていて欲しいとくれぐれも言い置いて汽車に乗って行った。

果たして帰ってくるだろうか――。

今日までの推移を考えても、また煮え切らぬ不承不承な態度から言っても、夏子には達夫の言葉を真から信ずるのがためらわれるのだった。父と叔父に対するその場限りのおためごかし――かもわからない。

結局のところ、家庭そのものが重荷なんだろう。あの甘えん坊の坊っちゃんは私にまだまだ甘え、私にも甘えて欲しかったに違いない。子どもが産まれ二人きりの生活が楽しめなくなると、がらりと変わってしまった達夫の生活態度――。

夏子は、――あれ、この人――、と思ったことを思い出す。

達夫が子を抱き、三人で外出した時だった。

周囲へのちらちらした達夫の目のくばりように、かつての演劇青年の持つ清々しい知性を感じさせない、鼻高々とした高慢さと世間へのおもねりが感じられ、いつからこんな風になったんだろうと愕いたのである。言うまでもなくそれは、ブラウン管に登場する己を意識し、人々に誇示する姿であった。

過ぎし日、確固とした信念と理想を抱き、裸電燈のぶらさがる稽古場の中二階で、せんべいぶとんにくるまってねぐらとしていた独身のころの素朴な人柄とは打って変わった男の変貌は、夏子に寒々とした衝撃を与えた。

とにかくなるようにしかならないだろう。

帰って来たなら温かく迎えよう。好物の朝鮮漬も漬けて置いた──帰りたくないというならそれでもいいような気がする。じたばたせずに待ってみよう。

夏子は切なく自問自答してみたが、夏子は、達夫の帰宅、追い迫る暮らしの窮迫と同時に、一つの悩みに胸を痛めなければならなかった。

父親に去られてからというもの、桃子は一刻たりとも夏子の側を離れようとしない。呼出し電話が掛かってくる──台所のゴミをすぐそこのゴミ箱まで捨てに行く──そんな時でさえ、母親の気配を感じ取ると恐怖に歪んだ顔で桃子は、

「ママあ、ママあ──」と母を追い泣き叫ぶ。そして、

「ママ、ゴミを捨てに行くんでしょ、桃子を置いて何処へも行かないわネ、すぐ帰るわネ……」

そう言いながら泣き喚くのである。

とっくにおむつの取れていた桃子だったのが、夜尿は無論のこと、昼間も尿を洩らすことが多くなっていた。

或る日、ささいなことで桃子はめそめそ泣き続けていた。

「泣き止みなさいね」と言ったがいつかな止まぬので声を大きく「泣くんじゃあないの」と言うと、泣き止みはしたがしょんぼりしている。可哀想になってそっと炬燵で抱いてやると、しばらくして夏子を見上げ、

「ママ、あのネ」

「なあに……?」

「泣かないの!! って言わないで、泣かないのよって言ってネ……」

いじらしくなって、

「やさしく言って欲しいのね」

「うん……」

夏子は、

「ごめん、ママいけなかったわね、じゃあ、これから泣かないのよって小さな声で言うから、桃ちゃんも一ぺんでハイッって言うこと聞いてね」

「ハイッ」

思わず夏子は桃子の頬に自分の頬をくっつけ、

「さ、これで桃子とママの話し合いは成立しました!」

そうおどけると、桃子は嬉しそうに声をあげて笑い出した。

身も心も飢え切った明け暮れの中で、どうしたらこの幼い子の全体を満たしてやることができるのだろう。せめて、

「安心なさい、ママは何処へも行きゃしないわよ。あなたを捨てるなんてできる筈ないじゃあないの……」

と小さな体をしっかり抱きしめてやるしか夏子には術がなかった。

五

秋が終わり、師走の風が身に沁みる時候になったのに達夫からは何の音沙汰もなかった。

――やはり空約束だった。まるで蛇の生殺しだ。

踏み躙られた無念さと、自分に対する嫌悪感のやり場のなさに息をつめる夏子の許に、ようやく「少ししか都合できないがN局まで金を取りに来ないか」と達夫の連絡が入ったのは、あと幾許かでこの年も暮れようとする寒い日であった。家賃が七千円である。月づき二万五千円送金されることになってはいたがそれは常に滞り、このところ満足な食事さえ桃子に与えていない。

N局の事件記者ものの番組には、かつて夏子も出演していた。レギュラーを降りたのは桃子を身ごもり目立つ腹を隠し切れなくなったためである。顔なじみに逢うのはためらわれたけれど背に腹はかえられぬ、そうしなければまたいつ金が貰えるか解らなかった。

キャップ、イナちゃん、ガンさん――出演者達は、徹夜稽古を前に不意に顔を見せた夏子をい

ぶかしみながらも、懐かしみ歓迎してくれる。

局の食堂で親子三人の遅い夕食を摂る。

笑顔で桃子の食事の世話を焼き、献立のハンバーグを半分差し出すと、そのまた半分を夏子の皿に分けて呉れたりする達夫に、夏子は何もかもが夢のようだと思わずにいられなかった。

「映画が朝晩あって忙しいんだ——来月一杯は駄目だよ」

何も問わぬのにそう弁解する達夫に、夏子は言い逃れかなと感じながらも、やはり帰って来てくれるのかと嬉しい気持を抑え切れずにいた。二年と少し前にもこうした不自然な局への訪問をしたことを夏子は忘れることができない。

あれは臨月の腹を抱え、相変わらずの達夫の無断外泊に日夜悩んでいた時分であった。達夫の無断外泊が始まり出したのは桃子を身ごもって間もなくだ。初めての子であったし、性知識の乏しい夫婦は相談の上、お腹の子の安全を計るという意味だけで早々に夫婦生活を断念することを決め実行していた。

済まながる夏子に「俺は大丈夫だよ、我慢できる体質なんだ」と慰め顔に言う達夫だったが、それに甘えた夏子が結局は男というものを知らなさすぎたと言えよう。

ほどなく達夫は家を明けるようになっていき、交際《つきあい》と麻雀だったんだ、ごめんと謝りながらも、その口の乾かぬうちに外泊を達夫は重ねた。留守に仕事の連絡が入る——出先の解らぬ夫に泣きたい思いで大きなお腹を抱えながら夏子は、電話口で仕事の担当者に頭を下げ詫びたことも幾度もあった。

その朝、住まいの目と鼻の先で小火《ぼや》が起こり、火の手を見た夏子の気持は昻《たかぶ》っていた。夏の日の暮れようとする時刻に、達夫あての速達が舞い込んだ。不審な思いで、その頃郷里の四国から、出産手伝いのために上京してくれていた達夫の妹の藤子とためらいながら開けてみると、それは思いもよらぬ内容のラブレターなのだった。異常な興奮で口もきけず涙を溢れさす夏子に、

「私には何も言えない――義姉さん少し静かに考えなさいね……」

と言い置いて藤子は部屋を出て行った。

その義妹を呼び戻すと夏子は、局へ同道して欲しいと頼んだのである。前夜も帰宅していない達夫に、とにかく一分でも早く会って真疑を正したい思いだけが夏子の頭に充満していた。

やはり徹夜稽古の夜であった。予定日を明日に控えたはち切れそうなお腹を抱えて終電に乗り、N局へ二人は辿りついた。しかし達夫は、他の出演者がすべて揃っているにもかかわらずまだ稽古入りしていなかった。

――一体あの人はこんな時間まで何処で何をしているのだろう――

二時近くなってようやく顔を見せた達夫を、あわただしいカメラリハーサルの合間を縫って夏子はテラスへ誘った。

「手紙のことだろう?」

意外なことに、夏子の言葉も待たずに達夫は言った。

「どうして知ってるの……？」

びっくりする夏子に達夫は、

「今日、彼女から電話で手紙を出したと言って来たから、変なことをするなって怒ってやったんだ」

「一体どういう人――あなたとどんな関係なの……？」

「金プロの女の子で少し頭がおかしいんだ。勝手に向こうで思っているだけさ……」

「でも……この手紙読むと……普通の仲とはとても思えない……」

甘えのある拗ねた夏子の抗議の言葉に、

「撮影所に見学に来たんだよ、河原を少し散歩した――それだけのことさ」

「じゃあ――何でもないのね？」

「当たり前さ！」

他愛なくもホッと気がゆるんだ夏子は、

「ほんとね！」

と、それでも念を押すと、達夫は笑いながら、

「そんなことでのこのこやって来たのか、馬鹿だな」

そして夏子の濡れた頬を指でポンと突き目を覗き込むのだった。少年のようにあどけない、そ

れでいて頼もしい壮年のように、相手をとろかしてしまいそうな独特のいつもの達夫のそんなまなざしにあうと、夏子のたぎっていた嫉妬の心は細雪のように溶け去って行き、あたりも憚らず達夫の厚い胸に顔を押しつけるのだった。

けれどもそのあと、胸の痛む出来事が起こった。

達夫が藤子を手招き、

「心配かけて悪かったな」と声を掛け夏子が「ごめんなさいね、彼大丈夫だったわ」と涙を拭いた時だった。不意に、くっと表情を歪め顔をそむけた藤子が傍らの鉄塔めがけて走り寄り、らせん階段を駆け昇り始めたのである。とっさのことに夏子はあっけにとられたが、すぐに藤子の心情が手にとるように伝わってきた。

藤子はその少し前に、嫁いでいた地方の旧家先から極めて非人道的な仕打ちを受けて離婚の止むなきに至っていたのだった。深い傷心に微笑を纏って、それでも兄夫婦のために出産手伝いに上京してくれていた藤子だったのである。

こんな悶着に巻き込み、夏子に同情してくれた藤子だけれど、いまさも嬉し気に寄り添っている二人の姿を目の前にしてどんな侘しさが藤子を襲ったか——藤子が可哀相で、

「私、こんな処まで連れて来てほんとうに悪いことしてしまったわ」

夏子は心から済まない思いで、藤子を連れ戻そうと階段に足をかけた達夫に向かってそう言った。

ほろ苦いそうした想い出と、今日の達夫が見せたいつにないやさしい気遣いに、手渡された金が約束より少なかったにもかかわらず夏子は晴れやかな気持で帰宅した。その夜見た夢で夏子は達夫に抱かれていた。忘れていた肉体の情緒が燃えさかり、貫き果て歯の隙間から洩れる小さな叫びと冷たい汗の滴りで夏子の眠りは揺り醒された。

六

——これでいいんだ、こうなるしかなりようがなかったんだ……。

そう自分に言い聞かせながらも、佗しさと心の空虚さを夏子はどうすることもできなかった。体中に何かが覆いかぶさっているみたいだ——疲れた——ほんとうに疲れてしまった。

生きる気力がまるで湧いてこない心と体の疲れようだ——死にたい、強くそう思う。何もかもなくすには死ぬしかない——あれほど愛しあった夫が、形式の上ではともかくとして、事実上去ってしまったということ。しかし、今はその哀しさと共に生そのものが面倒くさくてならない——。

意外な速さで、前触れもなく再び舅と叔父の和則が上京し、達夫と夏子を訪ねて来たのは、三月に入って間もない日だった。そして望むと望まないにかかわらず二人の夫婦生活に一つのけじめがついた。

別居——冷却期間を置くための、いつ迄とおよそ予測の立たぬこれからの別居生活——。達夫は相手の女性と必ず別れると約束した。どちらかが今のアパートを出ると言う。夏子は桃子とこの家で今迄通りの暮らしをする。

離婚と決った訳ではない、ただそれだけのことかも知れない、けれども夏子は空洞が、体中にぽっかりあいて歩く足がふらつくような、言いようのない気持に捕われ虚しかった。

「義兄さんと僕は、何としてでも達夫を帰させる目的で来た。しかし結果としては、どう説得してもこんな方法しか得られなかった」

和則はそう言って腕を組むと大きく溜息を吐いて天井を見上げた。

「――いいえ、叔父さん、お義父《とう》さん、ありがとうございました。いろいろ――遠い処をご心配ばかりかけて……。今迄だって別居同然だったんです、ただ、それが、はっきりした形になっただけでも、私は嬉しいんです。私も心を洗い直して、桃子と二人で達夫さんの気持が元に戻るのを待ちます……」

「俺はもう家へは帰らないよ、勘違いしないでくれ……」

それまで沈黙しつづけていた思いがけない達夫の言葉だった。三人は唖然として達夫を見つめた。

「何だって、お前――それはどういう意味だ?」

舅が語気荒く息子を咎めた。

「俺はねえ、夏子が納得して離婚する気になるまで待とうって言ってるんだ――そのための別居、そのための冷却期間を置こうって言ってるんだ」

「何を言うんだ達夫！」

和則は立上ろうとする父親を手で抑えると、

「それではほんとうの意味の冷却期間にならないんじゃあないのか達夫。わたしとお父さんが承知したのは、いつの日か円満な解決を得るための一時的別居ということなんだよ。いま、お前達は自分でもどうしようもなく感情的になっている――それじゃあいい結果は生れる筈がない……だからこそ、しばらく冷静になって、お互いに深い部分を問い直してみるべきだと言っているんじゃあないか。桃子ちゃんのことだってある。そう性急に事を運ぶのはちょっと勝手過ぎやしないだろうか……自分のことしか考えないやり方というもんじゃあなかろうか――」

事を分けた和則の言葉に達夫が、

「よくよく考えてのことなんだ……でも解った、しばらくそういうことにする……」

と不承不承答えるのを見て夏子は、心の底では決定的に自分を斥けている達夫を感じ、嫌われてしまったものだとしみじみ思った。

「そもそも夏子のほうから別れようって言ったんだ、だから俺もそう決心したんだ」

父親と叔父の前で達夫はこうも言った。

昨年春の、あの地獄の日々を夏子は遠い昔に感じる。心底、別れてしまおうかと、夜毎、枕を濡らしながら考えあぐねた時期もあった。度重なる無断外泊、たまさかに帰ると夏子を拒否し夫婦生活を避ける達夫――。

お世辞にもいい顔ができず、夏子は「お帰り」の言葉も掛けてやらなかった。一種の狂気状態になっていたのだろう。達夫は朝の寝起きが想像を絶するほど悪かった。昔は接吻で起したりした。――それが最悪の時にはヒステリーを起し、寝ている枕を思いっきり蹴とばしたりしたのだった。

「何をするんだ!!」

その時の達夫の凄じく歪んだ顔を夏子は佗しく思い出す。

私もいけなかったんだ、耐え、我慢をすべきであった。歯を喰いしばって破局を導かぬために努力すべきだったのかも知れない――。

たしかに、

「こんな毎日が堪らない――あなたが改めてくれれば良し、さもなければ、二人共、反省する意味で別居生活もいいのではないかしら……」

と言ったことはある。だけれども、あくまで達夫の態度が治るようにという願望以外の何ものでもなかった。昔通りの夫になってくれさえすればどんな文句があろうか。

だが――あの頃の夏子は、これぐらいのことを言っても、達夫がまさか自分から去って行くなどと考える気持を持たぬほど、達夫の心を信じていたのだった。いや、そうでなく、信ずるという美句に酔い、潜んでいた己の高慢な自惚れが視えなかったに相違ない。

先ず原因を作ったのは達夫である。しかし、そのきっかけは夏子が作ったのかも知れない。向うがそうするから、こっちもそうする。またこちらがそうするから一層向うもそうする。——その繰り返しの揚句の果てに、お互いが爆発したのだ。

夫婦生活を避ける達夫に最後は怒りと侮辱を感じた。だがあの状況の中で、もし達夫が肉体だけを蹂躙して来たらどうだったろう。そのような屈辱と虚しさに自分が耐えられたか、夏子には自信がない。弱い達夫のせめてものその勁《つよ》さに存外救われていたのかも解らない。

けれども言い替えるなら、からだを合わせることでひと刻の和解を持ち得る男と女の、素晴しい妙薬からも助けられず見放されてしまったとも言えるのだと、二人の間のあまりの亀裂の深さに今更ながら夏子は愕然とするのだった。

過ぎし日堅く誓いあった永遠の愛などという楼閣が崩れ去っていたことに、いまようやく夏子は気付いたのであった。愛——それは不確かなものだったのである。

七

ちぐはぐな心情を預けあったままの奇妙な別居生活かスタートしたが、夏子は、苦しい暮らし向きを強いられながらも自活の道を持とうとはしなかった。

桃子がいては働けない道理はあった。また、例え舞台に復帰したとしてもそれでは絶対に食べられない。テレビや映画の仕事は夜・昼をわかたぬ極めて不規則なものである。

他の職業を探すとしてもーーいや、いずれの何をするにしてもそのためには、何らかの形で桃子を他人に見て貰わねばならない。夏子にはそうした努力をする意志、働く気持が全くなかったのだ。

達夫が何時帰ってもいいように家を留守にしたくなかったことと、また、夏子の稼ぎに達夫が安住し、たった一つの繋がりである金の仕送りがなくなることで二人の間をきっぱりしてしまうことを怖れたのがその理由である。

けれども、どんなに言っても二万五千円は少ない生活費であった。それとて滞り、何度催促をしてもきちんと渡されたためしがなかった。夏子は切り詰めに切り詰め、自分の食事も一回減らしていたが、穴のあいた運動靴を履いて遊びに行き、指に血まめを作って帰って来る桃子の姿を見ると、いじらしさに胸をつまらせた。

待ちに待った送金が或る日届いた。だが、あれほど堅く約束した金額に足りない二万円ーー一万五千円は家賃、月賦、保険等の支払いですぐ消える。五千円で食べて着ろと言うのだろうか。差出人は達夫の所属するYプロダクションの代表、泉圭子であった。宛名が依然として、秋野様方、高山夏子とある。夏子は腹に据えかねる思いで唇を嚙みしめた。

泉圭子は、年の頃三十五、六の肥った女性で、若い頃歌手だったことがあり、その後女優にもなったが、いまは、何人かの俳優を抱えた芸能プロダクションの社長に収っていた。

新劇俳優は劇団に所属しながらも、テレビ、映画等のマスコミ出演を芸能プロダクションに委託する場合が多かった。舞台公演を主体とする新劇団の方向にとって、稽古に支障をきたすマスコミ出演は、俳優の生活の確保という絶対条件を考慮に入れても痛し痒しの現実であったのだ。T・G座も劇団としてのマスコミ活動は極く小規模な取扱いにしていたので、青春もの、事件記者ものと近来とみにテレビでの活躍の場が増した達夫は、便宜上Yプロダクションに身柄を置いていたのだった。

やがて気付いたのだけれど、この泉圭子と夏子は、一度だけ舞台を共にしたことがあった。その頃すでに夏子は、元いた劇団から夫の所属する、S劇団に籍を移していた。著名な映画女優らが数名で旗上げした、その名も〈女優座〉という劇団で、中国の芝居に大御所のM演出家が乞われて演出を引受けた折、Mは自劇団から夏子を含んだ六人の女優を賛助出演させた。その〈女優座〉の若手の中にたまたま新人女優の頃の泉圭子がいたのである。夏子の役と多少嚙みあう幕もあったが、お互いに余り言葉を交すこともなく、夏子にとっては記憶に薄い人であった。

達夫がどういう経緯でYプロダクションの一員になったのかはわからなかったが、別居生活をするようになってからというもの、何かにつけて、この泉圭子から電話が掛ってくるようになっていた。

「事務所から送らせる……」

生活費の催促をすると、決って達夫はその場の言い逃れでそう言い、半月も二十日も過ぎて、やっとYプロダクションからの送金がある。しかしそれとは関係なしに、首を傾《かし》げたくなるほど頻繁に泉圭子は呼出し電話を掛けてくるのである。

「ママあ、置いてかないで！……」

その度に叫び泣く桃子を諭して電話口へ駆けつけると、何という用事らしい用事はないのである。

「どうしてますか？……」

こちらの様子を訊きたげな口調で泉圭子は先ずそう尋ねてくる。

「ええ、相変らず……です」

夏子はそう答えるしかない――。

すると圭子は、さりげ無い世間話のあとに必ず、達夫の近況を細々と話し出すのである。

「彼ってとても女癖が悪いのよね――Fテレビのディレクター達が、彼奴《きやつ》また乗替えたのかとか、全く据膳には必ず手を付ける男なんだからって言ってるわ……」とか、「N局のSさんが、人の好意を当り前としか思わない――いくら目をかけてやっても無駄な男だっていつか言っていたわ。あの穏やかなSさんがそんな風に言うなんて、余程のことなのよ、きっと……」とか、近況というより達夫に対する聞きたくもない評判を逐一報告してくれるのだ。

或る時は、

「稽古には遅れて来るし、仕事振りがなってないんですって……困った人よ」

と言ったりした。

また或る日の電話では、

「あんな人、あなたのほうから見限ったほうがいいわよ」

と言うかと思うと
「冬川ちゃん、あなたと別れるって私にはっきり言ったわよ、待っても無駄よ」

などとまるで裏腹な愕くべきことを言って来る——。

夏子は不思議だった。

何故、特別懇意でもないこの人が、頼みもしない、しかも口にするのも疎ましく恥ずかしい言辞の数々を並べ立てたりするのだろう。

仮りに誰かの悪評を耳にしたとして、人はそれを無暗にその家族に向っていともあけすけに伝えるような、心ない真似を果してするものだろうか——少なくとも夏子の周辺にそのような慎しみのない人間はいない。

しかも別れる別れろと他人様の家庭の内側にまで覗き見、口をさし挟む。

何かの意図なり目的があってのことなのか、善意とはとても思えぬこれらの電話と、現在は休団中ですから表札も本名をかかげているのでと、何度頼んでもそれを無視する如く封書に秋野夏子とせず、高山夏子さまと書いて寄こすこの泉圭子という女性を夏子は不気味に感じた。不快であった。

一度だけ、取りに来て欲しいと言うのでプロダクションまで金を貰いに行った時の圭子の、蔑みを含んだ目と、ますます肥ったまんまるの手を額に翳《かざ》しながら、「これは私のポケットマネーを立替えてるんですよ。彼、事務所に借金があるのでね……」と言った言葉が、屈辱感と共に夏子の胸を刺した。何を言われても明確な応答のできぬ自分が情けなかった。口まで出かかっている言葉も夫の仕事の繋りを思うと何ひとつ言葉にならないもどかしさが口惜しく切なかった。

こんな明暮れを生きて私は一体どうしようというのだろう、これでいいのだろうか――夏子は激しく自分に問うてみる――。

夏子は乏しい家計の中から花を習い始めていた。花の先生を紹介してくれた同じアパートに住む独身の女性と週に一度、桃子を寝かせたあと自宅で自己流の絵も描き始めた。その時間は何もかもが忘れられそうな気がした。

花を活けることは素敵だ、部屋も見違えるようになるし心も潤う。絵を描き直し描き直し仕上げる楽しさ、これも今までの生活になかったことだ。だが――花を活けながら、絵を描きながら、瞬間、夏子の手が止る。何のために……全体何のために私はこういう時間を持っているのだろう――。

哀しさが込み上げてくる……。

これが平和な家庭の中で、暇あっての主婦の手すさびだったなら、どんなに心楽しいものだろう――。

いま、私がこうしているのは虚しい時間を持たぬため——、なんとか、自分を向上させるためと強がってみたところで、所詮、夫のいない侘しさをまぎらすため以外の何物でもない——そう思うと何か切なく、夏子は自分が哀れでならなかった。

いっそのこと何もしないでぼんやり刻を過したいとも思う。刻さえ過ぎてくれれば、そして桃子さえ大きくなってくれさえすればと目先のことだけに頭が行き、すると、こんな辛さを味わせている達夫に対する憎しみが込み上げてくる。

どんなことをしてでもあの人に復讐してやろう、見返してやろう。あの人は現在、私が謙虚な気持で達夫の帰りを待ってるのをいいことに自惚れているに違いない、反省はおろかむしろ驕り高ぶった心で嘲笑っているに違いない。そんな達夫が滑稽にすら見える——。

達夫を愛し自分を省み、少しでも成長したいと念じる反面、夏子は、強く達夫の人間性を憎み、その鼻っぱしを叩き折ってやりたい欲求に駆られてもいた。

そんな父親とも知らず、

「パパ夜遅く帰るの、ママ……?」

と桃子は訊く。

「お仕事が忙しいのよ、お仕事が済んだら、おみや一杯持って帰って来るわよ……」

と答えてやると、

「ああ、いいな、いいな、嬉しいな」

と躍り上がって喜び、

「桃子ね、パパ好き、ママも好き、おじいちゃんも、おじちゃんも、みんなみんな好きなんだ」

いとおしさで胸が一杯になってくる。

桃子にはさとられぬようにしているが、夏子は床を拭きながら、食器を洗いながら、つい我とはなしに泣いてしまう。すると手を動かしながら嗚咽を噛みしめている気配を、離れた場所で遊んでいる桃子が目ざとく見つけ、側へくるとそっと、

「ママどうしたの、泣かないのよ」

と言い心配そうな顔を近づけてくる。そして無理やり母親を坐らせ、小さな自分の手でハンカチがわりに涙を拭いてくれるのである。

達夫に電話しようと夕食後、桃子を連れて外へ出た時のことだ。連絡がつかず一旦アパートへ戻り、再び電話したがやはり通じなくしょんぼり帰宅した。

「桃ちゃん、パパとお話とうとうできなかったわね、ゴメンネ……」

と謝ると、夏子の膝の前にチョコンと坐った桃子が言った。

「ウン、パパとお話できなかったネ、そうねえ、ママどうしようか……」

しばらく俯いていた彼女は、つと顔を上げ、

「アアそうだ、いいことがある！」

「なあに、どんなこと？……」

「暖かくなったらねエ……」

「ええ……」

「暖かくなったら桃子、スカートはく――ネ、ママそうでしょ」

しめっぽかった空気が一変したかに思え、涙を引っ込めると夏子は大きく笑った。

おかしくておかしくて笑いが止まらない。桃子も訳が解らず一緒になって笑っている。――そうなんだ、私はこの子のために生きなければ。何としても倖せにならなければいけない。この子を倖せにしてやらねばならない大きな責任がある筈だ……。

もし――もしもだ、仮りに素晴しい父親が桃子に出来たら、達夫はどう思うだろう。果たして、肩の荷が降りたと安堵して他の女とこれで一緒になれると喜ぶだろうか――。

もし、もっと違った感情に達夫が支配されるとしたら……。私と桃子が幸福を摑むこと以外に達夫を見返し、復讐出来るものが他にあるだろうか――。

八

暑い夏がまた巡って来ていた。

梅雨が明けてからというもの、はやひと月近くにもなるのに雨らしい雨が降らない。樹の緑も道端の草も乾き萎れて心細そうに首うなだれている。

この年月、友人知人は無論、親兄弟とも交渉を絶って桃子と二人、身を縮めながらアパート住まいをする夏子にとって、とりわけ今年は暑さが身にこたえる夏であった。

「桃子、今日パパにお靴買って貰いましょうね……」

昨日、新聞のテレビ欄を見ると、事件記者ものの番組が五日間地方ロケーションに行くトピックスが載っていて、冬川洋介の名前もあった。

日曜に電話した時、ロケに行くとは言っていたけれど、五日もいなくなるとすると、桃子の靴を買って貰う約束がずっと先になってしまうので、思い立って夏子は新大久保を尋ねることにしたのだった。

ああは言ったものの、女とはまだ別れていないだろうと微かな予測はあった。だが心の底では、どうぞいませんようにと祈る気持でドアをノックした夏子の期待は、やはり裏切られた。

午後の一時はとうに過ぎていた。

長く待たされ、ガチャリと錠が開けられると、達夫の「何しに来たんだ……」といわんばかりの眉根を寄せた表情の後ろに、起き抜けの眠そうな林田妙子の顔があった。

恥ずかしさに桃子の目を覆ってやりたい思いを耐え、つとめて明るく夏子は言った。

「約束の靴を買って貰いに来たの、あさって直ちゃん達と井の頭公園に行くのに穴だらけの靴じゃあ可哀想でしょ、だから……」

「もう出掛けるよ……」

「なら丁度良かった……外でおうどんでも食べさせてやって桃子に……」

するとまた意外にも妙子が、

「家でうどん作るわ……上がって貰いなさいよ達夫さん」

と思いがけぬことを言い出したのである。

たじろぎ、嫌だ、と一瞬夏子は思ったが気を取り直し、勧められるままに桃子の背を押して二人は、六帖ひと間の彼らのねぐらに上がり、出された座布団に坐ったのだった。

何ということだろう、別れるどころか、覚えのある家具のほかに、三面鏡やラジオ、おまけにタンスまでが所狭しと増えているではないか——。夏子は唇を噛みしめた。

恥ずかしがって母親の後ろに隠れていた桃子が、次第に馴れて来てたたみの上をトントン跳びはねた。

「桃子、うるさいからおとなしくしなさいね……」

その度に窘《たしな》めている達夫を見て、随分変わったものだと夏子は思う。

お膳が出された。即席ラーメンの上に白菜とゆで卵が載せられている。達夫の朝は和食であった。冷たそうな御飯と、これもどうやら昨夜の食べ残しと見受けられる黒々と焼けた魚、それに醤油をかけたまま一晩置いた大根おろしがそのままの姿で出された。漬物だけがポリ袋から出されて、刻まれ、皆の真ん中にでんと置かれた。

妙子は寝不足で食べたくないと言うので三人して箸を取った。

何とも不思議な光景であった。

親子三人が食事をし、そのまわりを夫の女がうろちょろしている。

この女はどんな食物を作って達夫に食べさせているのだろうと、意地の悪い、悪戯心でラーメンに手をつけた夏子は、二人の女に囲まれながら、笑みさえ泛かべている二十九歳の我が夫の顔をつくづくみつめないではおれなかった。

情けなさと、おかしさが込み上げてくる。一体この人は今、何を思い何を考えているのだろう。

桃子が卵を掬いそこねた。先刻、叱ってばかりいた達夫がそれをやさしく自分の箸で桃子の口に入れてやっている。

「桃子はいい子でいるかい？……」

そう語りかけ、夏子を横目で見て、田舎の従兄弟が、近々村の娘を嫁に貰うそうだなどと話を向けてくる。

妙子の顔に苛ついた表情が見てとれた。すると達夫の側に座った妙子は、さもわざとらしい仕草で達夫の腕に自分のそれを絡ませ、これまでの話を奪うように自分達だけに通ずる話題を話し始めた。母娘は無視された形となった。

「御馳走さまでした……大変お世話をおかけしました……」

夏子は静かに箸を置き、手にして来た風呂敷包みの中から達夫の浴衣を取り出すと、

「あなたはもういないと思ったから、着古したのを持って帰って洗うつもりでこれ持って来たわ……」

と、精一杯の詰《なじ》りを籠めた笑顔で妙子に言った。

え？　と膝を乗り出しそうな妙子に、達夫はものを言わせず、

「ああ、置いて行けよ、こっちで洗うからいいよ……」

と言い、妙子を促すと、やがて二人は立ち上って外出の仕度に取りかかった。

「ジャンパーにしたらいいわ……」

「うん、そうするか……」

「髭、大丈夫かな……」

「そうねえ、いいんじゃない……」

そんな言葉をやりとりしながら、洋服ダンスに首をつっ込んだり、小遣いを渡したり、帰る時間の打ち合わせをしている彼らを見てるうちに、夏子は言いようのない激した気持に襲われていた。

桃子の手を引いて達夫がアパートの階段を下りるのを見すますと、取って返し、自分でも訳の解らぬ感情の込み上げるのに委せ、妙子の閉めかけたドアに手をかけ、夏子は、

「私、やはり寝巻持って帰って洗うから下さい！」

と抑えつけた声で言った。

「私が洗う——彼に叱られるから……」

「何で達夫が叱るの、大丈夫よ」

ドアを抑える妙子の手をはねのけ、

「ちょっと失礼！」

構わず夏子は部屋に上がり素早く押入れを開けた。

「私の部屋を勝手にさわらないで!!」

妙子が叫んだ。ゆっくり振り向いた夏子が穏やかに、だが凛然と、

「あなたとは別れるって、達夫は義父達の前で約束したのよ――。あなたもいつか私に言った筈ね、私はどうでもいいんだけど達夫が離さないのよって……。それはそれとして、此処には、私の主人の物が入ってるんです！」

「達夫、上がって来て!!」

窓から、下にいる達夫に妙子が悲鳴をあげた。

「どうしたんだ！」

駆け上がって来た達夫が睨みあっている女二人のどちらにともなく訊いた。

「この人が……」

妙子は眦《まなじり》の裂けた青白い顔に怒りを籠めて、

「この人が……あたしの押入れを勝手に開けて……あんたのパジャマを……持って行こうとしたのよ!!」

「それを寄こせよ」

しっかり抱きしめている夏子の腕からもぎ取るようにパジャマを取り上げる達夫に、

「私は妻よ……あなたのもの、洗うの、当たり前でしょ！」

途端だった。

「何が、何が妻よ、偉そうなこと言うんじゃないよ、何さ、パンパンしてたくせにさ……!!」

勝ち誇った声で妙子が叫ぶのと、

「よせ、妙子!!」

と達夫が声を荒らげて制止したのと同時であった。

夏子は瞬間、妙子が何を言ったのか解らなかった。ぼんやりした顔を真っすぐ妙子に向けると、
今放たれた言葉は何だったのか頭で反芻《はんすう》しながら、夏子は言った。

「ねえ、今何て言った……?、もう一度言って……?」

すると妙子はますます居丈高に、

「何度でも言って上げる、昔あんたは、パンパンをしていたんですってね!!」

烈しい音を立てて妙子の頬が鳴った。

「誰が……誰がそんな無礼なことを言ったの！」

「この人に訊いたわ——この人が、そう言っていたわよ……」

打たれた頬を抑えながら、怯《ひる》んだ声を妙子が出したのを横目で睨み据え、夏子は達夫に向って
いった。

「誰がそんなことを……」

そう呻きながら夏子は、そもそも、達夫が家庭を嫌になった原因がこれらの中傷にあったことを知り、頭を金槌で殴られたような思いに打ちのめされた。

――そうか……そういうことだったのか――。

「そんな……根も葉もない……ひどいことを……一体誰が……そして……達夫あなたは……それを……信じていたの……信じて……」

無残に崩れて行きそうな体に満身の力をこめて夏子は達夫につめよった。

「泉さんよ……事務所の泉圭子さんが、そう言っていたのよ」

達夫ではなく、横あいから妙子の声がした。

「何ですって！」

夏子は目を剥いた。

「どうしてあの人が――ああっ……」

夏子は、その泉圭子から数限りなく聞かされた達夫に対する諸々の噂話を、まざまざと思い出した。

頭の中がはじけそうに混乱してくる。張りつめた肉体からへたへたと力が抜け、夏子は意地を忘れてたたみに手を付きしゃがみ込んだ。

眩暈のする両眼に手を当てて弱々しい声音で夏子は呟いた。

「あの人は――その泉圭子という人は、何故、私のことを、あなたに中傷し、あなたのことについて、私にいろいろ言ったりしたんだろう……」

「彼女がお前に――どんなことを言ったんだ……俺のことって何だ？……」

それまで俯いていた達夫がきょとんとした顔を上げると、呟くような夏子のひとりごとを聞き咎めてそう尋ねた。

我に返った夏子は再び狂おしく込み上げる興奮に、顔青ざめ息を弾ませながら、

「あなたの留守中、何度も何度も、あの人から電話が掛かって来たわ……。はじめ、あなたが、送金を頼んでくれたその伝言のためかと――私、思っていた。でも、それだけじゃあなかった……。あの人は――何の用もないのに、度々、私を電話の前に呼び出したわ。そして――そして、あなたの噂話を教えてくれたのよ――。F局のデレクター達が、彼奴《きゃつ》は女たらしだ。据膳には必ず手を付けるって言ってるとか、N局のOさんが、親切を仇で返す、面倒見甲斐のない男だと言ってるとか、その他ありとあらゆる雑言《ぞうごん》を私は聞いた。聞くに耐えなくって耳を塞ぎたい思いだった……。だけど、私は一つとしてそれを信じなかった、私は……信じなかったわ！」

「何だって!!」

達夫は立ち上がっていた。

「――それで……それで解った……」

突っ立ったまま前方を見つめ、憮然とした面持ちで長いこと息をつめていた達夫はやがて、大

きな呻き声をあげて再び坐り込んだ。

しばらくの間、三人はそれぞれの姿勢のままでだまっていた。

先程まで、アパートの部屋のとびらを開け閉めする物音と、密かな人の囁き声が聞こえていたが、いつの頃からかそれも聞こえなくなると、三人の吐く息さえ感じられる静けさに息づまるようであった。

かすかに桃子がしゃくりあげ始めていた。

少しずつ夏子の脳裡が研ぎ澄まされ、何かが近々と視えて来るのが感じられる。

それは空の彼方に茫漠と霞がかっていた不明瞭な球体の霧が追い払われ、不意にその中核がほころんで光線がさし込んだと思う間もなく、泥状の中のものがじわりと滲み出、やがて四方に拡散して行くのに似ていた。

それで——それで解った……達夫が呻くように言った言葉を真似るかのように、夏子の心が、そうなのか——それで解ったと呟いた。

なんと——なんと愚劣なことだったのだろう……誰も彼も——私も達夫も妙子も——そしてあの泉圭子も……。

そうだ——そうに違いない……それですべての解釈がつく。

恐らくは、多分独占欲のために、平和たるべき家庭を破壊し、夫婦の仲を割こうと企んだ卑劣な女がいたのだった。

妻を信じようともせず、真疑を確かめる勇気をも押しやり、おぞましい誹謗を鵜呑みにして、それに踊らされ続けた短絡的な男が達夫だったのだ。

そして、夫の背信の源がよもや、このようなところにあったなぞ想像することもできず、いたずらに他を責め、きりきりと金切声しか上げられなかった心貧しい女が、この私――夏子の正体であった。

言えば自分も、また妙子も傷つくことを知りながら夏子は敢えて言った。

「――そうだったのね、あの人と……何かあったんだったのね……」

妙子を怖れた達夫が小声で返した。

「――済んだ……ことなんだ……」

が、嘘であった。済んでなどいはしない。

きれぎれの尾を引きずったまま今日あることを、誰よりも達夫自身が知っているのではないか。

夏子は、達夫の額ぎわに、一本だけ、くっきり刻まれた皺が醜くゆがんでいるのを視た。浅ましかった。まるで道化だ。空虚な心が夏子をとらえた。

妙子が突如身を動かした。と、脱兎の如く達夫にとびかかり、押し倒した。不意をつかれた達夫が、他愛なく、ひじをつき、あお向いたその頬といわず、頭といわず妙子の両手が嵐のようにとび交うと見る間に、馬のりの姿勢で胸をあてがい、男の唇に、自分のそれを、がばと押しつけたのである。僅かなあがきの果てにそれを受け入れる男の姿を夏子は見た。

からみあいながら、夏子をみつめる達夫の目が語った——お前が、こうさせたんだ……と。

立ち上った夏子は、泣いている桃子をそっと促し、アパートを出た。

九

年の瀬を迎えた。あと二日で新しい年が明ける。今日から五日間の休暇は夏子にとって貴重な日々となる。

物に憑かれたように肉体《からだ》を立ち働らかせたこの四か月余りを振り返り、私という女はひとつのことに目標を決めると、まるで猪みたいに盲滅法、猛進する人間らしいと、夏子は苦笑を頬に泛かべて振り返ってみる。

——もう、あそこに足を運ぶことは絶対ない……。

あのアパートでの修羅の日の翌日から、いても立ってもいられぬ気持で夏子は動き出していた。

——働こう……そうだ、働くのだ……。

先ず桃子を預ける施設を探さなければならない。だがそれは口で言うほど簡単なことではなかった。

子どもを抱えて働く女性がまだ少ない時代だったからか、十分に保育施設が普及されてなく、夏子が役所に日参して頼み込んでも、住まいの近くはおろか、どこの保育園も満員で、しかも、季節的にも入園に適せぬ時期なのであった。

それでも四十日近く足を棒にして係員を説得した熱意が通じたのか、とにもかくにも、最寄りの駅から四つほど先の小さな保育園に欠員を見つけ、桃子を日中預かって貰うことに漕ぎつけた。

それから夏子は新聞の広告欄の職業案内に取り組んだ。

これも困難な作業であった。舞台女優以外、何の特技もなく社会経験も乏しい二十九の子持ちの女が、一家を支えるに足る収入を得るには、世間は厳しかった。

頭を抱えながらも夏子は、桃子に与える影響を思い、芝居をするために誰もがし、自分もしていた喫茶店や酒場の勤めだけはすまいと心に決めた。肉体に汗する仕事なら何でもしよう。例えそれが日傭いの労務者であったとしても……。

幾つかの会社の面接試験を受けた夏子が最後に行き着き傭われたのは、固定給のほかに歩合給が貰えるという或る調査会社の調査員の仕事であった。

レポートを書くといういかにも文学的な仕事が夏子は気に入った。しかも身を粉に働きさえすれば、それに応じて幾らでも収入が増していくという。就職に際しての、学生達の身上調査を行うのがその会社の主要な業務だった。

企業から依頼を受けた学生の戸籍調べから始まる。家庭の状況、素行、友人、教師、それに近所の評判等々、レポートにするまでの様々な調査は、足を使い、多くの第三者とも逢わねばならない気の重い作業だったけれど、会社に戻っていざ机に向かい調べ上げた事実をひとつの文章にまとめる時間は楽しい一刻《ひととき》であった。不思議なことに、いつの間にか、会ったこともない、写真でしか知らぬ一人の若者の姿が、親しく夏子の胸中に忍び込んで来ていた。何とかして受けた会社に彼らを勤めさせてやりたい……そんな心情が、夏子のレポートを書く手を熱いものにした。

一日ぎりぎりの時間まで根をつめて働くと、電車の中を走りたい思いで夏子は家路に急いだ。桃子が待っている──早く迎えに行ってやらねば……。

誰もいなくなった保育園の菊畠の見える門の際《きわ》で、桃子はいつも一人で母の帰りを待ちわびていた。田んぼ道を手を繋ぎ駅への道を歩きながら、夕食のお菜は何にしようかと話しあう母娘の表情は楽しげでさえあった。

暮れの三十日、一日をかけて夏子は丁寧に押入れの整理をした。達夫との小さな歴史の数々が出て来る。絵心のあった達夫が愛用していた油絵の道具が奥から出て来た。絵具のセット二組、壷や風景を描いたキャンバスが五枚……。

器用だった達夫が夏子に創ってくれた布製の帽子や、結婚記念の祝いにとひと月かけて丹念に彫り上げた舞台用の化粧前が、押入れだんすに仕舞われてあった。鏡を塡《は》め込み、茶の塗料で仕上げされたそれには、〈夏子へ、愛をこめて達夫より〉と刻まれている。

忘れるともなく忘れていたそれらのものを一纏にして押入れの奥深くにつっこみ、夏子は手文庫の中の、地方公演の旅先から達夫が寄こしたラブレターとも言える甘い香りがする二十通余りの手紙をきっぱりと焼き捨てた。

翌日は念願の靴を桃子に買ってやる日であった。脹らんだ赤皮の財布を胸にしっかり抱いて二人はにぎわう師走の街へ出た。

「桃子、何色の靴にしようか……」

靴屋の店先には、色とりどりの靴が所狭しと並べられてある。桃子は嬉しそうに目をやりながら、

「——あれもいいし、こっちのも欲しいし……桃子迷っちゃう、ママ……」

おしゃまな口をきく娘を眺めて、夏子は和らんだ目で言った。

「どれでも、好きなのを買って上げる……ママ今日はとってもお金持ちなの、そうだ、セーターも一枚いるわ、同じ色の靴とセーターを揃えよう、ね、桃子……」

「嬉しいな、嬉しいな!……」

買物を、こんなに心楽しくするのは何年振りであったろう。どうしてこんなにも、心が和《なご》み、解き放たれているのだろう。

見極めに近い達夫に対する虚脱感が心全体を占めていたけれど、夏子には喪失感は湧いて来なかった。

あれほど悶々と苦しみ、縋るように何かに執着し続けた長い日々の心の澱《おり》が、嘘のように拭われているのが不思議であった。

帰らぬ夫を待ち続けた三年間とは、一体何だったのだろう。

当然の権利である筈の暮らしの糧を得るためとはいえ、腰をかがめ、屈辱に耐えたみじめな日々。

「あなた、どうして働かないのよ……」

泉圭子が容赦なく浴びせた痛烈な言葉が、指摘されて当たり前だったのかも知れないと、むしろありがたくさえ思える気持のゆとりと恥じらいを夏子は取り戻していた。

「――何故……その時すぐに、私に言ってくれなかったの。そうしてさえくれれば、こんなことにはならなかったのに……」

いまわしい中傷の源が、屈折した一人の女性の感情のもつれであったと解り、怨めしい思いでそう言った夏子に、達夫は唇を嚙むだけで何も答えようとはしなかった。すべては後の祭りであった。取り返す術のない言葉は宙に浮き、虚しく夏子の胸の内を苛《さいな》んだ。

だが――夏子は師走の冷たい風に身をすぼめると、外套の襟元を搔きあわせた。

外敵に抗し切れなかった城塞のほうに問題があったのかも知れない。そこに、ゆるがぬ守りがあっただろうか。攻めてくるものを押し返す強靱な砦があっただろうか。たった一陣の風で、敢えなく崩壊した城壁の、何ともろい築城だったことだろう――。

ただ一つの救いが夏子にはあった。

自分だけが、悶々と生きていたのではなかったのだという感慨であった。救いであり、悔恨でもある。

破壊主義的、御都合主義的な男——、達夫を夏子はそう見ていた。原因を正し、上向きな努力をしようとはせず、安易な抜け道を見つけ逃げ込んでしまう。何事によらずそうのようであった。その場逃れの嘘をよく吐いたし、辻褄をあわせるためには糊塗に糊塗を重ねても平気な性分であった。

「女房が金をせびる、N局まで押し掛けて来た……昨日も、保険代を払うからと無理やり二千円持って行ったんで、すっからかんだから都合してくれ……そう冬川ちゃんが言っていたわよ——」

泉圭子から夏子はこんなことも聞いた。

N局には、達夫が来いと言ってきたので夏子は行ったのだった。圭子の言う「昨日」に、夏子は達夫と会ってもいない——。

今となっては、果たして達夫がそう語ったのか、それとも圭子の作り事なのか、正す気も萎えてしまったけれど、どちらにしても、夏子が傷ついたことに変わりはない。が、ともあれ、圭子から聞いた夏子への中傷を達夫が真剣に受け留め悩んだことは事実であった。皮肉と言えば皮肉だが、達夫も苦しんだという事実は夏子にとって救いであった。

夏子を傷つけまいとする達夫は、ほんとうの理由が告げられず直《ひた》隠しに隠したのかも知れない。それは達夫の優柔不断さであり、やさしさでもあったのだろう。

六年かけて築いたつもりの家庭という城は、少しも築かれてなかったけれど、時に愛情らしきものは存在していた。もろい愛情ではあったが、夏子も苦しみ、達夫もまた苦しんだ。その相手の苦渋を感知せずに過ごしてしまったことが悔恨として残る。

けれども――そんな風に様々に思いを巡らすことで、夫を喪った虚無の中から懸命に自信を取り戻そうと足掻いている女の哀しさとは何んだろう。そうして、女房の過去や亭主の現在に、例え何があろうとも、それらのすべてを包み込んでまでの愛もあるのだろうか。

赤い靴とセーターの入った包装袋を大事そうに抱きしめている桃子の肩を抱き、夏子は食料品店でお餅ときんとん、ごまめ、蒲鉾などの正月用品のほか、黒豆一袋にチョロギを買い足した。

「今夜はコトコト黒豆を煮るからね、桃子も一緒に、さびた釘を探してよね……」

そうだ、新潟の田舎の母に元気だと手紙を書こう、さぞ心配していることだろう。

「ねえママ、さびたクギが何でいるの?……」

「あのね……黒豆を真っ黒に煮上げるためにはね、さびた釘を袋に包んでお鍋に一緒に入れるの……」

「そうすると真っ黒に煮れるの?……」

「そうなの……田舎のおばあちゃんが、いつもそうしていたのよ」

夏子はふいに足を止めた。心の奥でじんわり思考の視野がひろがり移行した。市井の片隅の小さな出来事をよそに、世の中はめまぐるしく動いていたのだった。一九六〇年は、騒然とした年であった。

六月十五日には、六〇年安保阻止の学生達が国会へ突入し、樺美智子さんという女子学生が死亡したし、十月十二日には講演中の日比谷公会堂で、浅沼社会党委員長が暴漢に刺殺された。

これらの事件を夏子は知っていた。だが単に知ったに過ぎなかったのだ。ちらっと新聞を流し読んだだけで、そこに、何の関心も情熱も、怒りも感じなかった、いや感ずる意欲を持たなかった自分を――夏子は今更ながら愕いてみる。

T・G座の、およそ半数は共産党員であった。M演出家然り、先輩俳優の何人か然り、同期の友人にもまた、二、三の党員がいた。

上演レパートリーも従って、主として資本家と労働者、いわばプロレタリア革命運動にかかわる、或いは人間的差別意識を激しく糾弾する内容の作品が多く、小林多喜二の『蟹工船』や、住井すゑの『橋のない川』などが劇団の態勢として取り上げられるのは当然のことであった。

だが、個人としての思想の自由は認められていた。共産党員でなければならないというきまりはなかった。それでも貧富の差に対する疑問や、権力に対する怒りは夏子自身、人一倍感じもし抱いてもいたのだった。

けれども、演劇に対していうならば、夏子にとっての芝居は、いわゆる芸術至上主義を指向するものであった。

個の人間そのものを掘り下げる芝居――男と女の愛を深く描く永遠のテーマ、例えばそれはチエホフの『桜の園』であり『かもめ』であり、イプセンの『人形の家』や『ヘッダ・ガブラー』、そしてユージン・オニールの『夜への長い旅路』など……。無論、それらの芝居の背景には、あくまでその時代の政治状勢があり社会相があろうとも、やはり芝居は、政治性を表面に押し出すものでない、生身の人間同士の心の葛藤を演ずるものでありたいというのが、夏子の演劇を志す姿勢なのだった。

――そうだ、休団中の劇団を思い切って止めようか、新しい出発のために……何もかも出直すために……

アパートがすぐそこに見え、いつもの新聞少年の姿があった。勢い良く自転車を降り、なれた手つきで、ぴしっと新聞をたたんでポストに手早く入れ、見る間に自転車に走り寄ったと思うと、はずみをつけてとび乗り、力いっぱいペダルを踏んだ。すれ違いざま、彼は母娘にぴょこんと頭を下げ、てれた笑顔を残して去った。ういういしい少年の背に向かって夏子は、「御苦労さま！」と、大きく呼びかけてみる。

烈しく、ゆすぶられるものを夏子は感じた。

あの生き生きとしたさまはどうだろう。

朝晩の新聞を配達し、あの子は、これから夜学へ行くのだろうか。ああ、今日は大晦日だ。すると、故郷は――両親は――兄弟は――。少年は、これから未来をどう思い描き、どう、きりひらいていくのだろう。

例えようのない劣等感が、夏子をうろたえさせた。

私にも、あんな頃があった――はち切れそうな情熱に、きらきら目を輝かしていた時代が……。かたわらの桃子を眺める――この子さえいなかったら。自由――自由が欲しい。

彼女は、はっと身をすくませる――いや、この子故に、僅かながらも、救いがもたらされている筈だ。こんな目にあわせてごめんと、私こそ謝らなければならない――何ということだ……。

修羅の日の、醜悪な光景が泛かび上がってくる。妻と子が去ったあと、男と女が野獣と化したであろう姿態が、夏子の血を凍らせる。あれも、ひとつの愛の形なのだろうか。

「お前が、こうさせたんだ……」――そう――多分――そういうことなのだろう……。がむしゃらに――私も――開き直って、生きるしかない。

離婚は、してやらない――未練か――それとも、女の意地か。嫉妬などという生やさしい感情でないことだけは確かだ。前進か、後退か、そんなこと解るものか――。

今の仕事を、いつまで続けるのか――劇団を止め、ほんとうに演《や》りたい芝居をするための道がひらけるか――それも、これも、すべて未解決な現在、どうして予測などできよう……。冷たい雨がひとしずく頰をかすめた。

儀式<ruby>セレモニー</ruby>

可奈は葉子の生みの父である原田保の俤を心の片隅にも残していなかった。粉々に割れた茶わんのかけらの最後の一片をも仕末してしまっていた。だから、夫の耕造が、一度、原田氏に逢わなければならないなと言った時、我が耳を疑ったのである。

原田と離別してすでに十年の歳月がたっていた。

泣く泣く離婚届けに印を押したあと、陽の目も仰げぬほどのみじめさと絶望感に長いこと苦しまされたけれど、二年目ぐらいだったか、かつて夫婦に目をかけてくれたN放送局のNをふと尋ねてみる気になった。

NはN放送局に於ける二大演出家の一方の雄で、芸術祭男の異名を持つ人物であった。他方のW組と並び称され、一大勢力を持つN組は多くの俳優達の憧れの的だった。この演出家に原田保は抜擢された幸運な俳優で、可奈との結婚式にもNは出席し、その後は夫婦ともどもN一家の一員となっていたのだった。

Nは勝れた演出家であるだけでなく、人間としても抱擁力のある豪気な男だった。

原田保に俳優としての危機を感じた時、ためらわず妻の可奈に長文の手紙をくれ、お前さんしっかりしなくちゃあ駄目だぞと言ってくれたのがNであった。

当時、出産のため、レギュラーだった事件記者もののテレビ番組を降りて家にあった可奈は、原田はこの頃一体どうしたのだ、役者としての最低の条件である稽古時間には遅れてくる、芝居もなっていない、お前さんが側についていて何をしている――と叱咤と情愛の籠る手紙を受け取って涙が溢れた。

葉子がお腹の中にいるもうその頃から、原田保は家に寄りつかず何処で何をしているのか解らぬ生活にのめり込んでいた。

力及ばなかった夫婦の崩壊が恥ずかしくて、長いこと誰にも逢えずにいた可奈が、何年振りかで懐かしさに駆られNを目黒区上目黒のその家に尋ねた時、Nは大きな体の大きな手を拡げて迎えてくれた。

梅の頃だっただろうか、まだ冷んやりする縁側の日だまりで昔風の庭を並んで見ながら、「お前さん、とてもいい顔になったぞ――別れて良かったんじゃあないのかい」とNは言った。びっくりして可奈が見上げると、大きな顔の割には小さく温かい目がやさしく笑った。その時から可奈は真直に前を向いて歩けるようになったのである。


紋という小さな居酒屋を持ち、それまで中断していた劇団活動に復帰することもかなうようになった頃だった。或る昼下り、稽古場のある中野の街はずれで可奈はぱったり原田保に逢った。面倒を見て貰っていた親子の許から葉子を引取り、厚生年金ホール近くのマンションで二人暮らしを始めて間もない日だった。立ち止って四、五分、とりとめのない会話をかわしたあと、別れ際に可奈は、葉子に会いたかったらいつでもどうぞと言った。

あとになって何であんなことを言っちゃったんだろうと苦笑したのだが、それは多分に可奈の自信とゆとりが言わせたことなのかも知れない。

言ってしまった手前、仕方なく可奈は事の次第を葉子に告げた。あっさりと葉子を見捨てた原田が、可奈があゝ言ったからとてそう簡単に会いたいと言う筈はないと思ったが、人間なんてどういう気分になるか解ったものではないから、もし突然会いたいと言ってきた時の用意に、葉子の意向を確かめておかなくてはと思ったからだ。

すると葉子はどっちでもいいと答えた。そんな答えこそ困るというものだ。内心、可奈はほくそ笑みながらも、それじゃあお母さんが困るよ、あんた会いたいの、会いたくないのと問い正すと、しまいに葉子はぶすっと照れながら「会いたい」と目を落とした。

そうか、やはりどんな目にあっても父親は父親なんだな、年端のゆかぬ子である、片親だけの生活には何といっても充分な満足感がある筈はない。可哀想に、会うがいいわ、会ってほんの少しでも父親の愛を貰いなさい。

普通の父親と違って幸か不幸か葉子は自分の父親の顔を知っている。別れたのが三歳前だから本来なら、うろ覚えぐらいのものなのだろうけど、原田保は俳優であった。舞台は別としても時折テレビに映る父の顔を葉子は知っていた。新聞の出演者欄に名前が載っていると目ざとく見つけ、引張るように母親にも相伴《しょうばん》させて、嫌なくらい似てるねと生意気な言いかたで照れたりしていたものだ。

思いがけなくも二、三日後に原田から電話が掛り、会えるだろうかと言う。可奈にしてみればどの面さげてとも思い、変れば変ったものとも思ったが、自分から言い出したことでもあるし、何よりも葉子のために心良く承諾した。

明日二、三人で海へ行くが一緒に連れて行きたいという。葉子は喜んだ。考えてみると滅多に海へなど連れて行ってやれない。良かったねえ葉子、さあそれじゃあ何を着てゆこうかと二人は妙にはしゃいで翌日の準備をした。

翌朝、フリルのついたワンピースを着、髪に桃色のリボンを飾り、海水着を入れた手提袋をさげて、マンションの玄関に車を横づけした原田の迎えを受けて喜々として葉子は出掛けて行った。原田に葉子を引き渡し、十階の部屋に戻った可奈はひと息ついた。何とも奇妙な心地だった。まさかこのまま葉子が帰って来ないなんてこともあるまい。だか一体原田はどんなつもりなのだろう。どうやらあの時の女と続いている様子だが、子どもができたとも聞いていない。

この一族の血液は薄いのじゃあなかろうかと考えたくらい、あの時、葉子の祖父母に当る原田の両親も、当の原田自身も葉子に対してそっけない態度であった。

原田保が女と同棲して帰宅しなかった頃、一、二度四国の高松からその父親と母親の弟が説得に上京したことがあった。その後、原田の妹の結婚式に三人で帰ってくるようにとの連絡を貰ったのだが、原田は帰らないと言い張るので、可奈は舅等の計いを母娘に対する好意と無理やり自分に思い込ませ、とまれ葉子と二人で四国に向かったのである。

四、五日の滞在中、葉子はカンをたてて義兄の子ども達とよく喧嘩した。

行事がとどこおりなく済むのを見届けた可奈は、原田からの送金が途切れて生活が成立たないので、仕事を探して収入が安定するまでの間葉子を預って貰えまいかと義父母に相談した。当時は幼稚園も保育園も、現在のように容易に入れぬ狭き門で、幼児を抱えての女の生きようは塗炭の苦しみといってよかった。切羽つまっていた可奈は、そんな目的もあったので旅費を工面して四国まで行ったのである。

だが義父母はすげなく断わった。理由は、保の意志を尊重したいからということと、葉子が従兄弟達と喧嘩ばかりして面倒をみきれぬからということだった。帰京に際して彼等は孫にアメ玉一つくれるでもなく、二人は悄然と四国をあとにしたのだった。

別れ話に当って原田保はいきなり、葉子はあきらめるとも言っていたのだった。

ふつうなら、夫婦生活を解消したい、それについては子どもをどうするか相談しようというのが順序の筈である。だが原田は、あたりまえのように、葉子はあきらめると先ず言ったのだった。例え、そこに話しあいが行われても、可奈は葉子を手放す心は全くなかったが、だからといって、そうした原田の一方的な態度は許しがたく、自分がこうした取り扱いを受けたことを若し葉子が知ったらどう思うだろう、と胸がしめつけられる思いだった。

その後、離婚調停のための家庭裁判所で親子三人が顔を合わせた時も、例え、可奈と原田保間にはもうすでに他人以上の冷やかさが介在したとはいえ、葉子には何の罪もなく、むしろ哀れな犠牲者なのに、その我が子に情の一顧だに与えようとしなかった——それらのことどもは、可奈にとって、ああ、あの一族の血はきっと薄いのに違いないという感慨を抱かせるに充分なのだった。

その原田保が、今、葉子をどんな気持で受け入れようとしているのだろう。あのすげなさは、葉子のためを考えてそうするのだといつか洩したが、なら溢れる愛情を自分は押え込んでいたとでもいうのだろうか。それが不意に今溢れ出したとでもいうのだろうか。

とつおいつ思いを馳せているうちに、いつのまにか店への出勤近い時間になってしまっていた。けだるい腰をあげると可奈は、葉子の夕食をととのえ、ゆっくりと身繕いにとりかかった。そして玄関で靴を履きかけた時である。賑やかな足音をたてて葉子が帰ってきた。意外にも原田保も一緒にエレベーターで上ってきたのである。

可奈は原田を招じ入れた。ここであわてることもあるまいと観念し、もし良かったら葉子と一緒に早夕食でも——、もし海の塩気が気持悪いならお風呂もどうぞ、私は悪いけど出掛けますから、と笑顔を見せた。実際、とっさに、それも良かろうと思ったたし、おおらかなところを見せたくもあった。二人が、戸外ではない家の中でどんな父娘ぶりを演じるかにも興味が湧いたのだった。

翌日は祭日で学校が休みだったからなのか、それとも、久し振りの父娘の一日に興奮して眠れなかったのか、葉子はその夜、可奈の帰宅を待ちわび、顔を見るなり朝からの出来事や帰宅後のことなどを能弁に喋り出した。

海へは友人とその子ども二人と、女の人が一人一緒だったという。女の人が、葉子ちゃん葉子ちゃんと側につききりで、チョコレートやアイスクリームを買ってくれたという。学校のことや、お母さんとどんな風に暮らしているのかというようなことをいろいろ尋ねたという。

　恐らくそれはあの女であろう、すぐにでも別れるかと考えていたが、予想に反して、いまも一緒であるらしい原田保の妻なのだろう。

　あれから――可奈が出掛けたあと、湯舟に湯を満して、父と娘は一緒に風呂に入ったらしい。これも意外なことだったが、恐らく赤子の時以来初めて、葉子はその父親に背中を流して貰ったことになる。そんな時八歳の子どもはどんな思いを抱くのだろう、いっときの倖せを嚙みしめることがあるのだろうか。

　ピアノを弾き、食事をし、皿洗いは葉子がしたという。

「それでね、パパがね、葉子の家はいいなあ、ピアノもあるし、お風呂もあるし、パパのところはアパートなんで風呂なんかないんだぞ、って言うの。銭湯へ行くんだって。ねえお母さん銭湯ってお風呂やさんのことでしょ……」

　馬鹿なことを言ったものだ、意気地なし奴、可奈は唇を歪めた。

　自分が見捨てた妻子のところへ来て、何て情けないことを言う男だろう。世間並の暮らしができるようになって良かったねと、別れた妻子に対して安堵する言葉ならまだしも、あきらかに自分と引き較べて羨やましがっているあさましさが気に喰わぬ。聞きようによっては、けしからんとでも言いたい気ではないのか。

可奈はかつて、原田の頭の中を覗き見たいと、真から思い呪ったことがある。そしていま、不思議な原田の頭の思考回路を改めて思い起こした。

家庭裁判所の民生委員を前にして原田保は言った。

――慰謝料を払う気はないが、可奈が立直るまでのいわば立直り料としてしかじかのものはやりたいと思う。でもいま現在はまとまった金がないので月賦にして欲しい。

養育費を払う力はないから葉子には我慢して貰う――。

つまり、他人となった可奈には義務として立直り料を払う。葉子は血肉を分けた身内なのだから養育費を我慢して貰う――。

これが、裁判所で言い放った原田保の言い分だった。何とも滅茶苦茶な話であった。

自分の身勝手を通しておきながら、立直り料とは何たる言草だろう。葉子は、何故養育されるのを我慢しなければならないのだろう。

居並ぶ民生委員達もさすがにあきれた顔で、――月賦でも仕方ないが、おくさんも娘さんも生きなければならないのだから毎月必ず送ること、養育費についても、今後、出来る時がきたら幾らでもいいから上げて欲しい――と、取りなしてくれた。

だが、立直り料の月賦すら、初めの二か月届けられただけだった。まして、始めから我慢してくれと言っていた養育費が支払われる筈もなかった。

六年後、可奈と葉子がピアノも風呂もあるマンションに住み、己れは風呂のないアパート住いであるからとて、若し、男の意地があるなら、おくびにもそんなことを口にするものではない。人間には羞恥心というものの持ち合わせがある筈だ。

可奈は、ここで再び演出家のNが、別れて良かったんじゃあないのか、と言った言葉が体にささった。

しかし、可奈はその男とかつて夫婦だった。愛し選んで一緒になった。素晴らしい男だと信じた一時期があったのだ。愛したからこそ子どもも産んだ。他ならぬ葉子の父親だ。

苦く、複雑な心境であった。ささやかでも成長した可奈に、Nは、お前さんいい顔になったぞと言ってくれたのだろうが、半年ほどの姉さん女房だった可奈からみると、かつての夫が、例えようもなく幼い存在だったという発見に、深い吐息とともに自嘲せずにはいられなかった。

その後、二度ほど原田からの電話で葉子はそのアパートを訪れ、一日を過して帰ることがあったが、そのうち電話もかからなくなった。こちらから求めて会って貰おうとはもう夢にも可奈は思わなくなっていたので、父娘の対面もそれを機会に沙汰止みとなっていた。

その原田保に耕造は逢うという。

「えっ！――それはまた一体どうして？……」

可奈は耕造の真意が解らなかった。

食卓では香しい匂いをあげてぐつぐつと鍋料理が煮えていた。

「そら、葉子、もう煮えてるぞ、どんどん喰え……」
えー、と語尾をなだらかに上げる耕造特有のもの言いで、耕造は葉子を促す。目の前に並ぶ酒の肴を片端から平げ、耕造自身どんどん鍋に箸を入れていた。健啖家である。このように小気味いい健啖家をかつて可奈は知らない。

耕造は鍋料理が殊のほか好きであった。冬料理の筈の鍋を真夏でも三日にあげず食べる。湯上りに、タオルを腰蓑風に器用に巻きつけ、頭からも体からも湯気を昇らせて、先ずビールに始まり、次には一升びんの酒を傾けながら鍋をつつく。三時間でも四時間でも延々と飲み且つ喰う豪快野趣な酒宴ぶりである。

鍋といえば、スキヤキ、湯豆腐、白菜とベーコン鍋ぐらいしか縁のなかった可奈だが、耕造と所帯をもって随分と教え込まれた。

秋田のショッツル鍋、キリタンポ鍋、ハタハタ鍋に始まり、土手鍋、石狩鍋、十勝鍋、シャブシャブ、寄せ鍋、あんこう鍋、鱈ちり、あげくの果ては耕造考案のオリジナル鍋のいくつか——。

今夜はその耕造自慢のオリジナル鍋だった。

材料は、先ず鶏の股肉をぶつ切りで一キロぐらい。同じく鶏皮を四百グラムほど。それにゴボウを二本にキャベツの大を一個まるまる。調味料は醤油だ。

ガラでスープを採り、更に鶏皮を適宜に切り入れて一時間ぐらい煮込み、濃いだしを作る。これにささがきゴボウを加えてうまみを出し醤油で味をととのえる。これが基調である。

あとは食卓の上で股肉を煮、手でちぎったキャベツを投げ込み、ひと煮立ちさせる。煮過ぎずに、さっとキャベツを食べるのがおいしく食べるコツである。食べたい者は鶏皮も食べる。これがまた美味だ。

昨今の鶏はブロイラーだから不味くていけない、せめて親鶏を探せという命令を受けて可奈は、養鶏所から、或いは市場から丸ごとの親鶏を仕入れて自分で捌くことも覚えた。

「ねえ——何故、何故貴方が原田保さんに逢うの……?」

酒売り商売から足を洗った筈なのに、酒呑み亭主と一緒になったお蔭で可奈は結局酒とは訣別できない。耕造は一人静かに飲む酒よりも、賑やかに楽しく皆で飲む酒が好きだからだ。しかし、こんなにも酒というものがおいしいとは可奈は知らなかった。

「葉子が俺の娘になったんだ。だから原田保さんに逢いたい……」

「関係ないじゃありませんか……」

「何で——、関係あるよ……」

「十年前に別れた人ですよ。それにあの方はすでにその時点で自分から父親を放棄しています。文句のあろう筈がないし、文句は言わないでしょうよ……」

「それはそうだろう、そんなことは心配していない——。俺は俺の気持として葉子は俺の娘になったのだということを一言彼に言わねばならない——。それだけだ……」

「…………」

可奈にはまだよく解らない部分があったが一つだけはっきりしたことは、この人は葉子を自分の娘にしたことを喜んでいるということだった。

可奈とだけ結婚をしたのではなく、可奈と葉子二人を同じレベルで己れの胸中に抱き入れたということだ。これはありがたいことと思わねばならないのだろう、嬉しいことに違いない。私はこの子をためらわずこの人に押しつけられる、随分らくちんになれる。可奈は面白い男と結婚したものだと感じ入った。

古い手帖を引っくり返してやっと探し当てた住所に出した手紙に返事がきたのは、それから十日ほどしてからだった。住所が替っていた。赤羽の公団住宅とある。してみると原田はどうやら風呂のある住家《すみか》に移り住んだらしい、何はともあれ結構なことである。

何と言ってくるだろうと思っていたのだが、思いの外にあっさりとこちらの申し入れを承諾してくれたので可奈はホッとした。

灼けつくような日射しも九月に入ると勢力を弱め、朝夕はさらさらと凌ぎ易い風が体を包み込んでくれる。

その日――耕造も葉子も可奈も敬虔な気持で儀式に臨んだ。堅苦しい心では決してないが、やはり人生に於ける一つの大きなけじめと思えば、自ずと厳粛な身のひきしまりを覚えるのである。

会場は新宿駅近いＰホテルの中華料理屋を耕造が予約してあった。三人は約束の時間より早く、ホテルのロビーで原田保を待ち受けた。約束の時間に十分ほど遅く、入口の回転ドアを回す原田とその妻の姿を目で捕らえた可奈は思わず声を呑んだ。

「女房と一緒よ、原田保さん……」

耕造の顔にもちらと不審な色が走った。

その時まで、恐らく耕造にも、ましてや可奈にも、原田の妻のことなど全く念頭になかったのである。原田の妻に逢う理由は断じてなかった。これは儀式であった。両家の親睦会ではなかった。手紙にも概略ではあるがその主旨を謳ってあった。そうでなくて、その理由以外のどんな理由でも耕造と原田の逢う理由はない筈だった。

可奈は当初、男同士の仁義なのだから男二人だけで逢えばいいと言った。だが、そこに葉子を存在させることにこそ意義がある、という耕造の意見に、葉子には少し酷よと反論しかけたが、そうではない、しっかりと葉子にも自覚を持たせることこそ、真実から目を逸らせない人間に成長することなのだと思い直したのだった。

儀式は葉子を中心に、葉子に深く拘りある人間だけが参列すべきであった。原田の妻はその圏外の人間、はっきり言うなら圏外以前の人間の筈だ。手紙にそのような説明をしなくとも常識ある者なら察知するのが当然だった。当然のことだから、あえて可奈はそれに触れるつもりもなく、耕造も可奈もこちらでは原田保一人を招いたつもりだった。

捕って喰われるとでも思ったのだろうか。原田が誘ったのか、妻が行くと言ったのか、一体どんなつもりでと思うと可奈は腹立たしかった。不意に可奈の脳裡を、十年昔に夫を奪われて子と肩を抱きあったあの悲しみが掠めていった。邪気のない顔でにこにこと近づいてくる妻と、さすがに緊張ぎみの原田保を眺めながら、可奈は不快に顔がこわばる思いだった。

「栗山耕造です、ようこそお越し下さいました」

「初めまして――原田保と申します」

「お招きにあずかりまして……妻の志麻子でございます……」

とまれ晩餐はなごやかにすすんで行った。

先刻、一瞬不審気な影を走らせた耕造は、何事もないように涼し気なにこやかさで初対面の夫婦をもてなした。――それも面白かろう――そう耕造はとっさの間に心の転換を計ったのだろう。可奈も不快さをおくびにも出さずそれに従った。だが従いながらも可奈は、原田の妻のあたり構わぬ華やかな笑声や喋舌に一層やりきれぬ気持をつのらせていた。

それにどうだろう。原田のあの服装は――。可奈の知っている原田保は地味な服の似合う男だった。顔立ちも、なかなかの二枚目で目鼻立ちが整っている割には渋い地味さがあった。ルパシカが似合い、シンプルなシャツにざっくりとした上着が原田を引き立てた。

先刻、回転ドアをまわしてこちらへ歩いて来る原田保を、始め可奈は人違いかと思ったほど、その服装は昔と変っていた。数年前、葉子を海へ誘いにきた時は真夏で軽装だったのでさほどに思わなかったのだが、今日の原田はどうだろう、一応おめかしのつもりなのだろうが何とも珍形であった。縞模様の、胴の締った、体に張りつくような細身の背広に、これもこれ以上細くならないだろうと思えるほど細いずぼん、青いワイシャツに赤いネクタイ。何よ、まるでリーゼントスタイルの街のチンピラが着るような身なりじゃない——連れ添う者によってこうも変るかと思われるような原田保の変身に、可奈は内心、苦笑した。気に入らないとなると何もかもが気に入らなくなり、ああこれが葉子の父親でなくて良かったなどと思う自分もおかしかった。

耕造も瞬時に妻のかつての夫と己れを比較してみていた。今夜の目的の一つにそれがあったことを耕造は密かに認めていた。妻の前夫がどんな男だったか耕造は見たかったのである。男の估券がそれを言わさなかったけれど、言ってみれば、可奈のしがらみを完全に過去のものとするための確認を自身でみきわめたかったのだった。豪放磊落な己れの一部にそうした小心さが潜んでいるのを耕造は知っていた。

誰のための集いなのかと疑いたくなるほどの原田の妻のはしゃぎぶりに辟易しながらも、一同は一見楽しげに、さながら旧知の間柄のように話題を拡げ、とどこおりなくコースを食べ終えた。

耕造は場所を替えて更に今夜の集いを続けることを提案した。

肝腎な男同士の仁義もまだ済んでいなかった。多くの言葉はいらないが、血縁を絶ち切る——いや、血縁なぞという代物はある場合、無に等しいことを相手に認識させるためには、この場で袂を分つ訳にはゆかない。二度と行うつもりのない会見のこの大切な機会を有意義に、心置きなくしめくくりに持って行く時間を今少し持とうと耕造は考えたのだろう。

「何処へ行くの？……」

可奈はすべてを耕造に委ねた。原田夫婦も「結構です」と同意した。

「まあ、黙って従いて来い……」

葉子は、やや眠くなったらしく目をしばたたかせていたが、初めて大人の仲間入りをして好奇心をつのらせていたし、二人の父親に挟まれて満更でない心地にもなっていた。

当初、本能的に今夜の儀式に対して尻込みしていた葉子も、次第に本来の陽気さと子どもらしさで対応する雰囲気になっていた。タクシー乗場までの道すがら耕造と原田保に両方から手を引かれて、葉子はぶらんこよろしく時々両足を思い切り前に上げ、左右の父等が同時に腕を引きあげてくれると声をあげて喜んだりしていた。

五人を乗せたタクシーは新宿から渋谷に向かい、道玄坂を少し昇った繁華街の途中で止った。

「あら、からから亭へ行くの……」

可奈は成程と頷いた。

「そう、いい案だろ……」

道玄坂の丁度真中ぐらいの右側に映画館街へ通ずるアーケードがある。アーケードをくぐって左へ曲がると幾つかの映画館に行きつくが、右側の露地へ折れると静かな旅館街となる。その途中に三階建ての小さなビルディングがあって、その二階に可奈の古い友人の玉置勢津子が経営する酒場、からから亭があった。

可奈と玉置勢津子は過ぎし二十《はたち》の青春の頃、同じ演劇養成所を出た仲間であった。コッペパンをかじった貧乏生活を共有し、卒業公演のワンダ・ワシレフスカヤ作『虹』の主役、母親役をダブルキャストで争った。以来、他の仲間とは殆ど交流のないなかで不思議とウマがあい、しばらく逢わずにいても、逢えばまた昨日の続きのように話をしあえる友人だった。

養成所卒業のあと、勢津子も可奈とは違う劇団で芝居を続けていた。しかし可奈が紋の女主人になってしばらくのち、それまで御多分に洩れずアルバイトの銀座勤めで生計をたてていたのが、勢津子の言葉によれば周囲から唆《そそのか》されて酒場のマダムとなった。可奈が子を養うために止むを得ず商売を始めたのと違って、勢津子は結婚もしなかったし子どももなかった。いわば自由気ままな身の上であって、殊更経営者たらんとする理由はなかった。だが、所詮舞台だけでは食べられなかったし、いつまでもアルバイトホステスでもいられない。

また、老いた父親を抱えてもいた勢津子は、豪胆な性格を認めて担ぎあげてくれる男達の言葉に乗って、酒場のマダムに仕立てあげられるというくわだてに自分をまかせたのである。

人々の目に狂いはなかった。店は繁昌し、何年も立たぬうちに多くの借金を返済し、素人と思えぬ経営の才を表すようになった。

可奈は密かに、演技者としてより経営者としての玉置勢津子のほうが、生き生きとその才能が生かされたと思った。酒場の経営も一つの演技の上に成り立つものではあるに違いないが、劇場での演技より、酒場の演出のほうが勢津子に向いているように思えた。

可奈が、耕造との再婚を機に商売は止めたが芝居は続けているのに反して、玉置勢津子はすでに芝居は止めていた。可奈に劣らず演劇に執着を持つ勢津子だったから、さぞ切ない思いがあったろうと察してはいたが、敢えて可奈はそれに触れることをしなかった。たいがいのことはあけすけに話しあう仲でも、この一点については何故か口から言葉が出ず、商売を選び取った勢津子を自分を知っている女だと、よそながら声援を送ったのだった。

二階の階段を昇ると突当りにからから亭と書かれた洋風の行燈《あんどん》があった。部厚いとびらを手前に開きするりと身を入れる。

「いらっしゃいませ!」

とバーテンダーの声があり、二人のホステスのいらっしゃいませに続いて勢津子の、

「おや、お揃いで……」

という声がした。

「へえー、葉子も一緒とは、これは又……」

と言いかけた勢津子が、その後から続いて入ってきた原田保を見て、ふと愕いた素振りになった。

「原田さんも一緒なの……、何とめずらしい……」

「不思議なメンバーでしょ……」

可奈は笑った。

だが玉置勢津子は多くは問わなかった。

「偶然なの?……」

「違うわよ……」

それだけだった。

そういう女だった。——立ち入らない——のではなく、何事かを察する感性を持っていた。勢津子がしつらえてくれた座席に五人はゆったりと落ち着いた。中華料理店で飲んだ老酒の酔いがほど良くまわってきていた。

原田保と玉置勢津子は無論周知の仲だった。可奈と原田の結婚に至るいきさつも勢津子はよく知っていたし、結婚式にも出席し二人を祝ってくれた。離婚のあと、この友とさえ、可奈は顔を合わせる心がおきず、長いこと音信をなくしていた。そして、独身の頃は芝居をするために抵抗なく銀座の酒場勤めをしたが、葉子と二人になってからは何としてもホステスだけは避けたいと考え、派出婦会に入って結婚式場とかお寺とかの日雇いに身をやつしていた時、道でばったりと勢津子に出逢い食事に誘われた。思えばその時も中華料理店だったが、勢津子はその時も多くを問わず、ただ労《いたわ》ってくれ、お腹一杯御馳走をしてくれた。傷つき、貧乏に身を凍らせていた時だけに、涙が出るほどその労りが嬉しかったものである。

勢津子も同席してボルテージが上り、他愛のない会話が輪を広げ、煙草のけむりとそのさんざめきに皆が身を浸している時、頃合いを見計っていたのだろう、耕造が向かいに座る原田保に声を掛けた。

「原田さん、我々はちょっとあっちへ行って格別うまい酒をひとつやろうじゃあないですか……」

原田もそれを待っていたかのように、

「ええ、そうしましょう……」

と頷いて立ち上った。

「うわぁ、あの二人ずるい。男だけでおいしいものを飲もうなんて……」

勢津子がわざとおどけた調子でそう言いながらちらと可奈の目を見た。空間で交叉させた視線の中で女二人はかすかに頷きあい、勢津子は膝をすぼめて男たちをなすがままにさせた。

カウンターに隣りあって座った彼等の会話はこちらからは聞こえようもなかった。

栗山耕造一家と原田保一家は、道玄坂下の駅前広場で袂を分ち、それぞれの住いのある小田急線相武台前、赤羽沿線赤羽団地へ帰るべくタクシーを拾った。

葉子はさすがにくたびれたのだろう、車に乗ると間もなく、座席に沈みこむようにして耕造の膝に頭を置きすやすやと寝息をたてはじめた。

耕造も可奈もそんな葉子の体を守るように片手をそえ、長いこと黙っていた。喧噪のあとの静けさにそうして身を浸していることで、二人は、確かな心の交流《いきかい》を感じあっていた。

都心を出ると車は一挙に速度を速め、ひた走りに走ってゆく。街路樹は黒く、それを覆う夜空の天井には無数の星がちりばめられていた。

「……今日は……どうもありがと……」

可奈がそっと呟いた。

葉子の髪を撫でていた手をつと伸して可奈の頬をポンと突くと、

「馬鹿……」

と耕造が言った。

「原田さん、貴方に何て言った?」

「葉子をよろしく頼みます、とさ。いい男じゃあないか、彼……」

「貴方……は何て言ったの?……」

「葉子の今後一切、あなたは何の心配にも及びませんぞ――とね」

「そう……。耕造さんの顔が目に見えるようだ」

恐らく、その一瞬は恐ろしいほどに毅然と言い放ったであろう耕造の顔を想像し、それを受けて、耕造よりも年若な原田が完全な敗北感を味わっただろうことを思うと、可奈は不意に原田が気の毒になった。

「少し残酷だったかも知れないわね……」

「おや、お前さん、彼をかばうのか……」

耕造は揶揄るように可奈を見たが、

「想像していたより、ずっといい男だった。会って良かった……」

遠い処をみつめる目付でそう言い直した。

可奈は、女の性というものは摩訶不思議なものだと自分の心のうちを覗き視ていた。

オセローは、キャシオーは暗殺者の手に委ねるが、妻のデズデモーナは自らの手で締め殺した。イアーゴーの奸計に踊らされ、二人の仲を疑ってしまったオセローは、嫉妬に苛まれた揚句、愛すればこそデズデモーナを殺すのだ。

男の対象は妻である。妻がもし裏切りを犯せば真直ぐにその妻を刺す。

女はどうだろう。女の焔《ほむら》は夫よりもその相手に向けられる場合が多いのじゃあなかろうか。夫も憎い、だがそれにも増して憎いのはその相手である。夫に対しては愛憎入りまじる混沌とした心に支配されてしまう。

お前さん、彼をかばうのか——と耕造に冷やかされて、むしろ可奈はびっくりしたのだけれど、実際、今更かばうつもりなど毛頭ありはしないのに、ふと原田をいじらしく感じたりしている。すぐさま、耕造に対しての後ろめたさが頭を擡げるのだが、耕造が、いい男じゃあないかと言ってくれるとまたまた万更でない気持になってくる。

可奈は、私は公平な女ではないらしいと苦笑した。原田の妻にしても、可奈が紗幕をかけた目で見るから我慢のならぬ女に見えるだけで、実像は殊によると柔軟な、気の良い、愛すべき女であるのかも知れない。私みたいに理屈ぽく頭でっかちな人間より、原田にとっては天真爛漫なああした女のほうがよほど気楽な女房であるのだろう。

相性なんてものが案外夫婦にとっては重要な要素なんだろう。現に我々だってそうだ。年が十近く違うということもあるかも知れぬが、女の愛らしさみたいなものを耕造は私から引き出してくれた。自分にこんなにも陽性なのびやかさが潜んでいるなど解らなかった。これほど自由にのびのびとした暮らしをしたことはかつてない。

耕造にとってもどうやら同様らしい。耕造もどちらかといえば陰鬱な半生を送ったようだが、現在は実に晴々とした明るさに満ちている。

自分はお釈迦さんで、可奈はその手の平の上を駆けまわっている孫悟空みたいに思っているらしい。だがその孫悟空はいささか論理派で、結構自分の相手として不足なく、面白く楽しい。生活してゆくうちに思いがけず格好な相性をお互いに発見したようなのだ。女は男次第と言うが、男だって同じなんだろう。何かの縁で出逢った男女なのだもの、要は、お互いがお互いを労り、生かしあう術、努力を心得、怠りさえしなければその夫婦はうまくやってゆけるのだ。

「それにしてもさ……」

耕造が不意に笑い出した。

「？………」

「あの人は一体どういう人なんだ、あの細君さ……。酒を呑みながら、話をしながら、その都度、俺の肩や膝に実に自然に手を触れるんだ……。いや、初めは何かの間違いかと思ったんだ。だが間違いなんぞじゃなかったぞ。笑う時なんざ、勢い良く俺の膝を叩いたもんだ。あれには参った……」

「へえ——。成程ね——」

可奈は、原田保の相手が、原田や可奈の所属するS劇団と合同したT劇団の研究生だったあの女であることを知った或る友人が、

「何?、原田さんの相手、あの尻軽女なの……」

と言った言葉を思い出していた。

可奈が葉子の手を引いてみじめな気持を怺《こら》えながら、原田と女の住むアパートを何度か尋ねた時の彼女の態度を思い出していた。

「私はどうでもいいんだけれど、彼が私を離さないのよ」

或る日、当の原田が留守だった時、可奈に女はこう言った。

「昨夜も彼、無断外泊……全く嫌になっちゃう。奥さんの気持、私も解るわ……」

憶面もなく、無邪気な顔付であった。

正直なのか、それとも何か意図するところがあるのか、いずれにしても可奈はこのような女に仕返しされてしまった自分が哀しかった。夫婦別れは決して一方だけの責任ではないことは認めるが、せめて、ああこの人には私かなわない、と思える女性を原田保が選んだのだったらまだ救いがあるのにと、切ない思いをしたのだった。

そうだろう、彼女なら、こんな大切な、まるで初対面の、しかも私の夫である男の膝を笑いながら叩くぐらいのことはするだろう。皆目、その何たる会見かも察せずにのこのこと従《つ》いてくるぐらいのことはするだろう。またお逢いしましょうと言ったという原田の妻を、もう考えることも可奈はうっとうしかった。

とにかく、終った。もう振り返ることはない。

かすかに軋む車の振動に身を委ねながら、耕造も可奈もそれぞれの心でそう思った。

「可奈さんのあの顔見た？」

志麻子がクスクスしのび笑いながら、隣の保の肩に軀をもたせかけてきた。

「え？、どの顔さ……」

車の震動がしたたかに飲んだ酒の酔いを甦らせはするが頭は冴えきっていた。深い思いに沈んでいた保は我にかえって聞き返した。

「私達がロビーに入って行ったでしょう、私が一緒なのを見てあの人ったら、鳩が豆鉄砲喰ったみたいな顔してた。おかしかった……」

舌をペロリと出し悪戯っ子のように首を竦《すく》めると、志麻子は保の手をまさぐり両方の手をそれに重ねた。

あたりを睥睨《へいげい》するように聳え立つサンシャインビルの煌めく灯火が窓外はるかに見える。幾度目かのラッシュアワーなのか、信号待ちの車の数珠にはさまれて、苛立った運転手がしきりに警笛を鳴らした。

保は乾ききった喉元を潤すために唾をごくりと飲み込んだ。

海へ連れて行ったあの日からみると見違えるように成長した葉子の顔が、姿が、つないだ手の暖かなぬくもりが、めくるめく懐かしさで保の胸一杯にひろがっていた。

玉置勢津子の酒場で、大人達に囲まれた今宵の女主人公《ヒロイン》である葉子が、それに飽きてか所在なげな風情を表した。目ざとく可奈が、

「葉子、アイスクリームでも買っていらっしゃい。――そうだ、パパに連れて行って貰いなさいな……」

と、ふとその時気付いた風に言葉をかけた。

「うん!!」

笑顔を見せた葉子を見て、保は素直に頷くと葉子を促し夜の街へと出てみたのだった。

耕造の肩越しに、志麻子がちらと刺すような目をなげかけたが気付く者はなかった。

宵の道玄坂は商店のきらびやかなショーウインドウのあかりに照らされて華やかに賑わっていた。人群れを避けて歩きながら、つないだ手を強く握りしめると、葉子が同じ強さで握り返してきた。予期せぬ反応だった。

保は激しい動揺に密かに狼狽《うろた》えながらも思わず葉子の目をのぞきこむと、無心な表情で葉子は

にいっと笑った。そうしたまま、父と娘は黙って道玄坂を上がり下がりした。

いつだったか、新宿の可奈のマンションで二人で風呂に入り、その小さな背中を洗ってやった時、不意に込み上げてきたあの感動が、いま再び保の心を襲っていた。それは息苦しくさえある胸に衝きあげてくる情感であった。抱きしめたい衝動を保は強く押えた。

俺はこの子を捨てた父親なんだ——。初めて悔恨の思いが保の胸を吹き抜けた。

可奈の手紙を受取った時、はじかれた気持ちで保は躊躇なく出席の返事を出した。

葉子を手放してから、十年の歳月の中で折にふれて葉子のことを思わぬ日はなかった。志麻子との間に子どもは得られず、たまさか友人の家庭をのぞき見ると、若い頃には思いもしなかったあせりに似た気持に戸惑うことがしばしばあった。年と共に次第に思いが募りはしたが、だが、それでもひとつ僅かな安心感が保にはあった。それは血だと保は感じていた。逢わずにいても、どこかに葉子は存在し、已の血が葉子の体内を脈々と流れているのを信ずることで、密かに我が子の面影をひとり我が物にすることができたのだった。秘密めいた快感でもあったのだった。

可奈の再婚は保を愕然とさせた。

——葉子が俺の娘になった、一度、是非、原田さんに逢いたい、と夫が申します——。

そう可奈の手紙には書かれていた。

——葉子も連れて行きます、お逢い下さいますか……。

葉子に抱く淡い夢は、可奈が独身であればこそであることを保は理解した。遠のいてゆく葉子を保は感じた。それまでの確信に近い血のつながりすら、可奈の再婚の相手によってあとかたもなく奪い去られる恐怖に原田保は怯え、うちのめされた。


「ねえ、ねえ、保、貴方眠ってるの?」

背中に回してやっていた腕の中で志麻子が見上げた。

「いいや……」

「可奈さんねえ——、随分変ったと思わない?……」

「そうかい……どんな風に?……」

「どんな風って……、そうねえ、何て言ったらいいのかなあ——うまく言えないけど、ああそうだ、そうよ、ほら、つまり、あの人って何か辛気臭かったじゃない昔……」

「辛気臭い——ねえ……」

「あら貴方だってあの頃そう言っていたわよ。忘れたの——。一所懸命って言えば聞えはいいけど、何か頭を押えつけられているように重苦しくて——だんだん辛気臭くなってくるんだ、って」

「そんなこと言ったかな——」

可奈が、日常の暮らしの中で、次第に保に対して教師のようになってきたその頃のことを保は思い出した。

保は四国・高松の生まれで、もともとは画家志望であった。高校生の時、県展に入選し、その後上京して美術学校に通うかたわら、生活のために舞台装置のアルバイトをしていたが、ひょんなことから舞台に引っ張り出され、やがてその素質が芽を吹くと、新進の俳優として舞台でもテレビでも主役を演ずるまでになったのである。

だが、一つ大きな悩みが保にはあった。方言である。生まれてこのかた肉体に巣喰ってしまっている頑固で執拗な四国なまりは前進する保の行手を、ともすれば阻んだ。役を与えられる度に、先ず保はこの方言の克服に多くの時間を費さねばならなかった。

一方、可奈は生まれも育ちも東京であった。

保の所属するS劇団と同じ建物内に稽古場のあるC劇団の中堅女優である可奈は、何年かの熱い恋愛の末、求婚されて一緒になった年下の夫の輝かしい未来にいっかな目を向けずにいられなかった。可奈は、保のなまりを治すのが自分の使命であると信じ始め、深く熱中し出した。とぼしい生活費をきりつめ、可奈は古道具屋からテープレコーダーを買い求めてきた。どんな犠牲を払ってでも保の方言は是正しなければならなかった。たじろぐ保を有無を言わさず日夜テープレコーダーの前に坐らせる可奈は最早、妻ではない厳しい家庭教師に変貌していった。

志麻子は、保の帰宅を促すために、あるいは生活費の催足のために何時やって来るか解らぬ可奈の足音に怯えながら暮らした陰鬱な刻を思い出した。

「あの頃、葉子ちゃんを連れてあの人、何度かあたしたちのアパートに押しかけてきたじゃない。全く憂鬱だったわよ。気持は解るわよ、だけどさ、あんたの浴衣かなんかぎょうぎょうしく風呂敷に包んで、私は妻です、着替えを持って来たから洗濯物を渡して下さい——なんて言われてごらんなさい。今更何言ってるのよ、そんなことをすればする程、亭主の気持が冷めてゆくの、あんた解らないの、って余程言ってやろうかと思ったわよ……」

可奈は、保の好物だからと、手製の朝鮮漬を持参したりした。

辺りを憚りながらも、息をひそめる室内の気配を感ずるとドアを開けるまでノックを続ける母娘の姿は、いつしかアパート中の評判となり、口さがない噂が志麻子の耳にも届いた。

上框《あがりかまち》に置かれていった朝鮮漬の包みをそっくりゴミ箱に投げ込むと、持ってゆき所のない口惜しさを志麻子は保にぶつけた。

「何よこんなもの!! あんたが態度をはっきりさせないからこんなことになるのよ。此処は私が借りてる部屋よ、何故あの人に来るなと言えないのよ。もう嫌、私こんな生活!! 離婚してくれないなら、あんたも出てって!!」

あの頃のあの女はまるで行ない澄ました顔付でいて、そのくせ、心の中では刃を研いでいた。志麻子は「辛気臭いなんてもんじゃあないわよ」と罵ったりした。

「でもさ、それがすっかり穏やかな感じになってるんでびっくりした——飲み屋をやったりしてたのも良かったんだろうけど、あの御主人と一緒になったからよね、きっと……。頼り甲斐ありそうな人ですもんね、あの御主人……」

志麻子は身をのり出すようにしながら

「ね、ね、あなた達、カウンターで何話してたの、あの方、サラリーマンなんですってね、課長さんかしら、それとも部長さんかしら……」

「うん……再婚だそうだ——あの人もね」

保は志麻子の問いとは別のことを言った。

「尤も、俺より十年上なんだから初めての結婚ってことは万々ない訳だ——秋田生まれでね、その秋田に、別れた奥さんと大学受験の息子さんがいるんだって……。奥さんとは二十年の結婚歴のうち一緒に暮らしたのは五年ぐらいらしい——くわしいことは知らないけど、だから、あの人も今まで決して幸福じゃあなかったみたいだ……息子とも生活した年月は僅かだろうし——ね」

保は、赤い目のふちを眼鏡の奥に隠しながら、

「葉子のことは今後一切、あなたは何の心配にも及びませんぞ」

とその時だけ、柔和に笑っていた目を、鋭く、保の瞳を貫くように見詰めながら取りつく暇もなく言った栗山耕造の表情が忘れられなかった。

潤んだその深い目は——あれは酒の故ではない、男の傷痕を包み込んだ目だ——と保には思えた。

別れた妻が、結婚生活の殆んどの年月を夫と生活し得なかったその中で幾度となく心を犯され、それを見て育った一人息子が医者を志した。と耕造は言葉を選びながら語った。

「だが——神は奴になかなか味方しませんでね——理科を受けるといっぺんに入っちゃうんだ

が、翌年、再々度医科を受験するとまたもや駄目なんです……」

まだ当分スネを噛られそうです……呵々と笑う栗山耕造には先の鋭いまなざしは消え失せていた。かわりに人懐こく温かい顔がそこにあった。

「葉子はいい子です、安心して僕に委せて下さい……」

共に暮らすことのできなかった息子への想いのありったけを、葉子にそそぎこもうというのだろうか。

耕造の言葉は、はっきりと保と葉子の絶縁を求めていた。あの子は私の娘だ、あなたとの縁は今日限り切って頂く。一筋のつながりも許さぬ。そう言っていた。

だが何故か保には耕造に対して敵愾心や反撥心が湧いてこなかった。むしろ、不思議なほどの安堵感が心を浸してゆくのに我ながら愕いた。耕造の痛みも自分の痛みも一緒のような気がした。心の底から、よろしく頼みますと言葉が出てきた。

「僕は葉子に何一つ父親らしいことをしていません……」

沁々と述懐する保を耕造は、

「いや……」と穏やかに遮った。

「今日——あなたが、此処へ来て下さったこと、それで充分です。それがすべてを物語っている……。自分を責めることはありません」

二人は申し合わせたようにウィスキーグラスを両手に挟み込み、たゆたう琥珀色の液体を見詰めていた。

「それはそうと、お前さん嫌に馴れ馴れしく栗山氏と話し合ってたじゃあないか、蓮っ葉に笑ったりしてさ」

栗山耕造の息子のことを話しながら、葉子の面影をそれに重ね合わせている己れの心の内をふと志麻子に見すかされそうな危険を感じて、保は気分を替えたように志麻子の軀を放すと、どさりと車のシートに頭を載せつけた。

志麻子はそれとも知らず、

「おやまぁ、左様でございましたかしらね。だってさ、ああでもしなきゃ、のこのこ従いて行った私の立つ瀬がないじゃない――。私、行きたくなんかなかったのに貴方が余り心細がるから――仕方なく附添って行って上げたんじゃない。何さ、人の気も知らないで……」

「それはそれは――ありがとさんでした。お蔭で、何とか無事に相済みました。だがね、帰り際に、又お逢いしましょうはないだろ、それともまた逢う気なのかい、頼り甲斐ある紳士にさ」

「馬鹿言わないで……。社交辞礼ぐらい言ったっていいじゃない。亭主の昔の女房の、その又亭主を誘惑するほど、私は賤しい女じゃございません。貴方で充分でござんす。尤も年賀状ぐらい出したっていいけどね、それと――出産報告ぐらいはね」

「何だって!!　いま、何て言った？」

保は家路にさしかかった車の中で飛び上るようにして志麻子を見た。

「十年目の授りものよ……一週間ほど前に解っていたんだけど……」

保の瞠った目を見ずに志麻子は、

「今度は、私、産むわよ」

と小さく呟いた。

みるみる保の目に涙が浮んだ。熱いものが体内を駆け巡るのがはっきり感じられた。

「葉子ちゃんの替りを産んで上げるわよ、それで我慢しなさいよ」

衝きあげてくる昂りに志麻子も目を潤ませると、

「何さ、可奈さんなんか!! ほんと言うと私が今日従いて行ったのわね、あんたのためだけじゃない、私自身の意地があったのよ……。何だか知らないけど、私だってずっと重かった――可奈さんはきっと私のことを憎んでいる、夫を奪った女――そう思って憎んでいるに違いない、そう考えるだけで気が重くて仕方なかった……なのに、再婚しましたってトクトクと手紙なんぞ寄こしてさ。立派な旦那を見せようってのか、可愛い葉子ちゃんを見せつけようってのか知らないけど、いかにも挑戦的じゃない！ あの人はそういう女よ！ きっと長いこと機会を狙ってたのよ！ いつか我々に復讐してやろうって考えてたのよ！ 自分の気持はそれで済むでしょうよ、だけどこっちの気持はどうなるって言うのよ。しかも何よ、あの手紙！ 完全に私を無視しているじゃない!! だから私は従《つ》いて行ったんだ、あたしたちはこうして健在です、あれから十年、仲良く一緒にやってますって胸張って言ってやるつもりで……。赤ん坊が産れたら、絶対知らせてやるんだ私……葉子ちゃんを見せびらかすなって言ってやるんだ、いいわね。大体、何よ、あんただって……。あんたはとうに葉子ちゃんをあきらめていた筈じゃない、それなのに――それなのに――」

タイヤを軋ませて車が団地の前に止った。

モザイクめいた家々の柔らかな灯りがまだらな間隔でほのかにゆらめいている。

泣きじゃくる志麻子をやさしく抱えるようにして保は地面に降り立った。

「……虹……」

葉子が聞き取れぬほどに呟いて軀を動かした。

「うん？　何て言った今？……」

「しぃっ――寝言よ」

聞きかえした耕造に可奈は答えると、

「夢を見てるんだわ、この子……」

「虹――って言ったぞ、こいつ……夢か――虹の夢――か。そう言や――昨今、虹などになかなかお目にかかれんなあ……」

「ほんと、汚れきってるのねぇ――空気が」

「休暇を作って秋田へしばらく行くとするか……」

耕造は、天をかけはす七彩色の虹を、雨上りのたびに見はるかした幼い日を懐かしく思った。

虹は屋敷の座敷からも見えたし、平たい大きな庭石を覆う泰山木の枝々の間からも見えた。先祖代々栗山家に伝わる十メートルはあろう巨大な泰山木は、初夏の陽光を浴びて光沢を放ち、芳香を放つ白い大輪の花を輝やかせた。

その下に佇むと、たった七つの年に失ってしまった生母へのかすかな想い出が胸を熱くする。

「おうっ、善は急げだ。一両日中に仕事の段取りをつけるから——田舎へ行く準備をして置けよ、可奈……」

「いいわ、そうする——、秋田へ行けば真物《ほんもの》の虹が見れる——。小さい頃ね、この子が言ったことがあるのよ、『お空にのりたい』って。夕焼雲を見ながら言うの。『どうやってのるの』って私が聞いたら『椅子にのってのるの』。『そうしてどうするの』。『虹の電車にのって夕焼小焼と三日月さまにゆくの』。そしてこうつけ加えたわ、『みんな一緒に』……って」

耕造は、

「葉子のこと、どうぞよろしくお願い致します」

と深々と頭を下げた原田保の、苦汁を秘めた葉子によく似た瞳を改めて思い起こした。

「そうか——みんな一緒に——か……」

耕造は深くくりかえし呟いてみた。

ぼたん鮮烈に

ぼたんの花が咲いた。

見事な大輪であった。花弁は透きとおるような桃色――葉は燃えるような萌黄色で、その葉がまるで中央の花を守る形で鮮やかに繁っていた。匂うようにひらいた大輪のすぐ横にあと一輪、くちびるをすぼめたような蕾が嬉しそうに寄り添っていた。


四月も間もなく終ろうとする或る朝であった。

前夜、久しぶりに葉子と人生や恋を語り合い、いつもより遅く目覚めた可奈は、まだぼんやりとしている頭を覚そうとでもするように開け放してあった次の間を眺めやった。

ふすまは半分閉めてあった。

縁側との境の障子に朝の光が静かにそそいでいた。

ふと、その障子の色が桃色に染っているように可奈の目に映った。

おや――可奈は目を凝らしてみた。次第にはっきりとしてきた頭の中を揺れてよぎるものがあった。

跳ね起きた可奈は夜着の衿をかきあわせると、半分閉められた次の間との境のふすまを開けてみた。「あっ!!」可奈は声を呑んだ。

ぼたんの鉢は机の上に置かれてあった。

「葉子、起きなさい、ぼたんの花が――お父さんのぼたんの花が………」

そう小さく叫んだまま、可奈はその場に立ちつくしていた。

八年前の秋、夫の耕造は東北地方と北海道全土の会社の責任者として札幌に赴任した。北海道はH製紙の出生の地である。東京進出を計って大手の企業に成長した会社出生の地のマーケットを、更に大きく発展させる意気込みで耕造は当分の間、札幌に根をおろすつもりだった。無論可奈も葉子も同道した。

耕造は、生まれて初めて北海道に住む可奈と葉子のために、「折角、広い大地に住むのだ。とびきりでかい家を探そう」と言って、歯科医一家がマンション住いをするために貸しに出した住居を借りた。それは札幌市内から車で十五分ほどの広く大きな家が点在する閑静な住宅地だった。少し歩けば小高い丘があり、手稲スキー場や大倉山ジャンプ場などへも何なく行ける。

三百坪はあろう敷地に、十五帖の居間と七つの部屋がある広々とした住いは、三人で暮すには勿体ないほどの家であった。庭をめぐる植込みには、桜、ナナカマド、北海杉、つげ等の樹木が植えられ、門から玄関までの平地には、芝桜が目も綾に、花の絨毯をなしていた。

この一面に咲き乱れる芝桜と、庭の中央にあるぼたんの群生を、大家の歯科医は自慢にしていた。自慢するだけの値打ちのある、それは丹精されたものであった。

そのぼたんの実生《みしょう》を、耕造はいつの間にか鉢に植えとっていたのである。

ぼたんの花が婉然と咲く季節に、庭を開け放ってパーティーを催した夜のことを可奈は懐かしく想い出す。

思えば北海道のあの頃が、耕造の、いかにも若々しく、潑刺とはずむような生を謳歌した時期であったように思えてならない。

朝も夕もいつも活々と――、仕事は旺盛に、多くの人に逢い、多くの人を家に連れて来、可奈を、葉子を、「すすきの」に、旅行に連れ出し、その一日一日は活力に満ちていた。

十指に余る部下の結婚の頼まれ仲人をしたのもこの時分だし、婦人会の講演に引張り出されて、あちこち飛び歩いたのもこの頃だった。

ぼたんの宵の宴は、華やかなものであった。

二百坪の庭の四隅にはライトが置かれた。煌々と光を放つその下の敷物の上に、幾つものコンロか置かれ、ジュウジュウと成吉思汗鍋が勢いよく音をたてていた。林立するウイスキーと、日本酒の一升びん。大きな水槽には、氷のかたまりを煌かせてビールが冷やされていた。サンルームの硝子戸は取払われ、居間のステレオが軽やかなジルバを高鳴らせていた。勝手のオーブンには、耕造得意の、焼きおにぎりがずらり並んで香ばしい匂いをただよわせていた。

招いた客は、札幌支社、全社員とその妻達、そして、会社に繋がる数名の客員方であった。飲み、食べ、唄い、踊り、花を誉め、愛で、満天の星空を仰いで、人々は、そして耕造一家は、存分に一夜の集いを楽しんだ。

三年目の夏、会社の倒産に続く会社更生法の申請――そして翌年の五月に、三年半の北海道生活に終止符をうち、耕造一家は帰京した。

後髪が引かれるものを残すべきでない、という耕造の意見で、家を処分しての札幌行きだったので、さし当っての住家を探すのに骨折ったが、倖い、山小屋風の建築で、結構庭もある気に入った家が見つかった。

こうしてぼたんの鉢植は、雪の北海道からこの千葉の借家の庭に移された。トコトコと引越荷物にまじって、コンテナの黒い箱に押し込められ、鉄道を走り幾日かの旅をして運ばれてきた。山椒と桜の鉢も一緒だった。あの時の実生は随分と成長していた。春を迎える度に、緑の葉を繁らせていた。しかし花は咲かなかった。一本も咲かなかった。

——一体このぼたんは、いつか花を咲かせてくれるのだろうか——。

耕造はそんな時、いつもの自信たっぷりな笑顔を見せて、「咲くさ、俺が咲かせてみせるさ」と言った。


実生を鉢に植えてから七年たっても、葉は繁っても花は咲かないぼたんであった。とうとう、それは耕造が生きている間には開花することがなかったのだった。

いい、いい、いい、
それが今年咲いた。

可奈は不思議でならなかった。

咲くべき刻がきたから咲いたのだとは到底思えなかった。年の始めに庭へ鍬を入れた時、しばらくしてから植え込みの中に隠れるように潜んでいた直径五十センチはあろうこの鉢を可奈は見つけた。すっかり忘れ去っていたぼたんの鉢だった。丈まである雑草に阻まれてこの時まで気がつくこともなかったのだ。耕造は、地面にそっくり鉢ごと埋めていた。

「鉢の底から根が出てね、地面の栄養を吸いあげるのさ」

何故鉢ごと埋めるの、と聞いた可奈にその時耕造はこう答えたのだった。

ぼたんの鉢のすぐ横に桜の鉢があり、お互いに凭れ掛るように肩を寄せ合っていた。右隣にも、左隣にも、伸切った樹木があってそれは見るからに窮屈そうだった。

「可哀相だね、お前さん達……」

可奈はぼたんだけを地面から掘り上げた。助け出しはしたものの、それはまるで枯木のようであった。そのくせあまりにも横の部分が伸び過ぎている。

剪定って何か形式があるんだろうか——。

独りごちながら、可奈は花鋏で形をととのえてやった。

三月に入ると少しずつ葉が萌えてきだした。だが、可奈にさはどの感動はなかった。葉の繁ることは知っていたからである。ところが月末の頃、小さな蕾が二つ、ついたのである。しかし、まさかと思っていた。今まで花を咲かせることがなかったものが今年咲くとは思えなかった。これだってもしかしたら蕾なんかじゃあないかもしれないなどとさえ思った。

でもほんの少し心に期待するものが芽生え、にわかに目をかけるようになったのはおかしなことであった。そうはいってもどうして良いか解らぬから、周りの土にシャベルを入れて土が酸素を交換できるようにしてやるとか、手許にあった油粕を発酵させて栄養を与えるとか、その程度のことをしたのだった。

それらのことが良かったのかどうか、あの枯木みたいだった幹に艶が出てきて、若い枝が次々と生まれて伸びてゆき、葉もしっかりと緑濃く、鉢全体が潤うように活き活きとしてきたのである。そして二十日ぐらいののち、この蕾は、完全に花となるに違いないと思われるほどにふっくらとしてきた。それでもまだ、可奈は半信半疑の気持でいた。

春風の吹荒れる、けれどよく陽のさす日だった。

剪定した個所から芽吹いた若木が強風にあおられて大きく揺れていた。ふっくらした蕾の細首が、今にも折れそうに前後していた。

「お母さん、家の中に入れたほうがいいんじゃない？　放っておくと折れちゃうわよ……」

耕造の学生時代の友人が社長をしている会社に勤め始めた葉子が、そう声を掛けて出勤して行った。

「そうね、そうしよう……」

可奈は大きな鉢を家にとりこみ、机の上に載せてほっとした――。

それが、一昨日のことだったのである。

見事に開花した美しい花を、じいっと眺めつくしながら、可奈は嬉しさよりも〈命〉を考えていた。

花の命と耕造の命――。

耕造の生命が、いま、この花の生命となっていると思えて仕方なかった。耕造が此岸を離れた翌年に咲いたこの花――。

今迄咲くことのなかったこの花が今開いた。そこに耕造の生命を視るのは間違っているだろうか。

誰が何と言おうとも、それは輪廻に違いなかった。

まさしく耕造であった。このぼたんの花は耕造に違いなかった。あの人は約束通り、身をもって、ぼたんの花を咲かせた。

「咲くさ、必ず咲かせてみせるさ」

あの人は、〈命〉そのものとなって私の許に帰って来た――。

不思議なおののきに心が満ちてゆくのを、可奈は感じていた。

耕造と可奈が結婚をしたのは十年前である。

中年にさしかかった女と中年も半ばにきた男、共に離婚歴があった。正しくは、可奈はすでに独身だったが、耕造は可奈との結婚のために妻と離別した。二十《はたち》の息子を耕造は妻の許に置き、可奈は十《とお》の娘を連れての再婚だった。

それからの十年間に住んだのは、東京の副都心に一年半、小田急沿線にほぼ二年、北海道に三年半、そして現在の千葉の片田舎である。

転勤による北海道を除けば、すべてより良き生活をめざしての転居だった。三人は旅人だった。一つ処にとどまることを潔良《いさぎよ》しとしなかった。家という物質に執着のあまり、人間としての自由を失うことを何よりも嫌った。これからも旅を続け、しかし、いつかは終の棲家に落着こうと話し合っていた。

終の棲家の青写真はほぼ出来上っていた。木の香りのする小屋である。部屋部屋の壁はすべて、天井まで届く作りつけの書棚にし、本に囲まれて暮す。可奈は、書棚のある家に落着いたら、ずっしりとドストエフスキー全集をそこに並べるのが夢だったし、耕造はといえば、哲学書や古典書を、ひもとくのが夢であった。

庭は畠と花壇にし、台所の板の間には囲炉裏を切る。楽しい酒を飲み、うまい料理に舌つづみを打ち、何よりも、家族が集うために炉辺は是非とも必要だった。二人の意見は一致していた。

可奈は新劇の女優だった。十八、九の頃から舞台に立ち、生活の面でもさまざまな波をくぐり抜けてきた自分を、可奈は、かなりまっとうだけれど、どこかまっとうでない人間と思っていた。そんな自分がサラリーマンの女房になったことが思い掛けなかったし、その男と妙に波長が合うことも不思議だった。

耕造は、まことにサラリーマン的でないサラリーマンだったのである。サラリーマンの典型があるとすれば、耕造は極めて、それからはみ出た人物だった。

H製紙に入社する以前のおよそ二十年間に耕造は四つ職場を替えている。それは、余儀なくそうなったのではなく、自らの意志でそうしたのだと耕造は言う。

「五年間で大体の仕事のみきわめがつく。やるべきことをやったと感ずる。なのに何故そこにとどまっていなくちゃあいけないんだ？」

耕造はよくそう可奈に語った。

「どこかに必ず俺のすべきことがある筈だ」

一つことを貫く人間のほうが何故か立派にみえ、何故か説得力もある。耕造のような生きかたは、表面だけ見ると、いかにもわがままで腰の落付かぬいい加減な人間と評価されるかも知れぬ。しかし耕造は一つの信条を持ち、そして社会的にもきちんと責任ある態度をとり、その上で自分が自由に生きる姿勢を曲げなかったのである。

「それとも、生まれながらの放浪者なのかも知れないぜ、俺は……」

そんな言いかたをして、耕造はニヤリと笑うのだった。

「そう思ったって、そうしたくたって、できない人間もいるわ――。あなたは恵まれていたのよ。いつの場合も恵まれた地位を与えられた、だからそれができたとも言えるわ。最も、あなたには力がある、ということでもあるけれど……」

そして、これからもそうするつもりなのと可奈が聞くと、「可奈が承知してくれるならね」と耕造はまたもや笑った。


だがH製紙の場合はそうはいかなかった。

「そろそろ五年だな、お前さん、俺の自由にさせてくれるか?」

懐に辞表を呑んでいるかのような耕造の問いかけに、

「どうぞ、どうぞ、好きにしてくれて結構よ。憚りながら私、貧乏は怖くないの。いざとなれば、二人で屋台を引いたって生きて行けるもの」

と可奈は答えたのだが、丁度その頃、思わぬことに会社が倒産の憂目をみてしまい、耕造は、

「再起をみるまで止める訳にゃいかんものな」

と、会社更生法を申請し、社長が退陣したあと、外人部隊を迎えるに至った企業に踏みとどまったのである。

そして、それから三年余りのちに、停年退職という形をとりH製紙を耕造は止めた。その九か月後、耕造は倒れた。脳腫瘍だった。思いもよらぬ病気であった。

初めて診察を受けたその日、発病は一年前、命は一、二年と医者に言われたが、可奈も葉子も人事《ひとごと》のようにそれを聞いた。

自分の夫を、自分の父を、死という絶対的なものと結びつけることができなかった。

「手術して悪いところを取ってしまえばすぐ帰れるわ」

「そうよ、二、三週間か、一か月ぐらいの辛抱よ、お父さん」

入院の朝、可奈と葉子がこもごも言うと、

「そうだな、じゃあちょっと行ってくるか」

と耕造も気軽に笑った。

再びこの家の敷居をまたぐことはないなど、誰一人考えなかった。

手術は九時間に及んだ。そしてその夜のうちに、脳に浮腫が起り更に五時間を費す手術が行われた。瞳孔が開いてしまったと告げられた再手術が無事済んだ時、可奈は打ちのめされた気持だった。

言いようのない恐怖が心を襲った。

――もしかしたら……。

初めて可奈は、一、二年の命と言われた言葉が剃刀のように胸に刺さるのを感じた。

心臓が高鳴った。

――そんな馬鹿な……。

地底に吸込まれてゆきそうで立っていられなかった。

「そんな……。そんな馬鹿なことがある筈ない……」

麻酔のかかったまま昏々と眠る耕造の枕元で可奈は、憑かれたように「そんな馬鹿な」とくり返した。

——私たちには、約束したことがあるんだ。

可奈は夫の顔を凝視した。

「なあ、可奈、お前さんは俺より若いからちと可哀相かも知れんがね」

「……?」

「刻《とき》が来たら……一緒に死んでくれるかい?」

或る夜の晩酌の時、耕造がこう言った。

「刻——それはいつであるか解らない。充分に、二人で生きて、生きて、そして、これでいいと思えた時、二人してこの世とさよならしようじゃないか。死ぬ時ぐらい、自分の意志で死にたい、俺は」

「私も……。そうしたいと思っていた。精神も、肉体も、健康のままでね」

「じゃなきゃあ意味ない——。そうさ、精神も肉体も健康のままで、さ」

「一日を大切に生きて……。葉子を嫁にやって……。そしてこれで充分、と思った刻、その時、二人でそうしよう、ね、耕造さん」

「そうともさ、葉子の幸福を見届けて、そして、いつの日にか……にね。約束するかい」

「約束するわ」

何としてでも耕造には生きて貰わねばならぬ。今現在の命を助けなければならぬ。今の病気を治さねばならぬ。そして一旦は元の体に戻さねばならぬ。

「治ろうね耕造さん、治るのよ、治してあげるからね」

一年か二年の後、夫が一人だけで、しかも病に犯されたまま死んでゆく、そんな理不尽なことがあってたまるか！

可奈はそう心で叫んでいた。

人間とは、楽天的な生きものなのだろう。

現実の平和がくつがえされることは信じない。世に確実なものなど一つもなく、幸福なら幸福、不幸なら不幸が永遠に続く筈のないことを頭では解っていても、それを自分の身に置き替えることをいつかな拒否している。

昨日とはがらり変った入院生活は、苛酷としか言いようのないものであった。それは、患者はもとより、看護する側にとっても同様に言えることであった。

脳を手術するということは、どのようなことなのか。

人間が、食べ、語り、歩き、考える。泣き、笑い、喜び、悲しむ。

その人間が人間であるための、耕造が耕造であるための、あらゆる肉体の細胞を司っているのが、脳なのだった。

それが犯された時、人はどうなるのか——。

寝る暇も、食事をする暇も、時にはトイレに行く暇もない病院の日常の中で、しかも可奈にとって一番酷と思えたのは、人格が変化してしまった耕造を見ることだった。

私の耕造ではない……。何故、何故、あんたはそんな目で私を見るの……。そんな他人を見るような目をして……。

しかし耕造は闘っていた。

健康な頃の耕造は、何事が起きてもたじろがず、屈託のない顔をしながら、さらりとことを解決した。だが、その心の内部がどのようなものだったかを可奈は知っていた。

いま、耕造は、己れの意志を、肉体を、支配する生命の根源と言える機能を破壊されながら、やはりたじろがず、あらん限りの力で闘っていた。

「耕造、可奈、葉子。三人の城だものな」

「手を抜かないとお前さんのほうがぽっきり行っちゃうぞ……」

昔と変らぬそんな労りを見せる時、可奈は思わず身が熱くなるのだった。
二、三週間か一か月で帰宅する筈だった耕造は、だがあの朝を最後に二度と家の敷居をまたぐことなく、一年三か月、しかもそのうち八か月間は意識のないまま可奈と葉子に看取られて死んで逝ったのだった。

二人は、人生の、夫婦の構築をめざし、再出発して、まだ僅か十年に満たぬ年月しかたっていなかった。


——ここを開墾しよう——。

荒れ果てた庭を見ながら可奈はそう呟いた。

耕造の死から半年たっていた。

——いま、私を生きるために。それしかない——。

仕事をすれば悲しさもまぎれる。刻がすべてを忘れさせてくれる。人は慰めにそう言ってくれた。だが、可奈は、悲しみをまぎらわせたいと思わなかったし、すべてを忘れる刻が欲しいとも思わなかった。耕造と生きた証《あかし》、耕造の死に立合った事実、それと対峙していたかった。逃げたくなかった。

凍てつくように寒い一月の或る朝、可奈は庭に下り立った。朝霜の名残りが、まだあちこちにまんだら模様を作っていて一層身を凍えさせる。

農具は、鍬とスコップが各一挺、小シャベル二挺、大鋏、鎌。これだけだった。

可奈は上半身を真直のばし、大きく深呼吸をしてから軍手をはめた手にしっかりと鍬を握り、高く振り上げると勢いをつけて大地にふり下した。

「カチッ」

石に当たった鍬からの振動でかすかに手が痺れ、踏みしめた足がバランスを失って可奈はよろめいた。

百坪程の敷地だった。家の建坪はその三分の一くらいだろうか。庭の左寄りに葉子の部屋を別に建て、あとの残りが芝生である。手入れされない芝生は雑草がはびこるままに変り果てていた。その薄汚れた芝生を、雑草の根と共に取払わねばならない。可奈は態勢をととのえると狙いを定めて鍬を打ち下した。思い掛けない固さだった。根を張ってしまった雑草の塊はしぶとく抵抗し、鍬の先をその根元に喰込ませることすらできなかった。

可奈は鍬をあきらめスコップに替えた。地面に直角に立てたスコップの上に右足を乗せて全身の重みをその右足にかけてみた。

一度、二度、三度、少しずつスコップの先が地面に喰込んでゆく。四分の一ほど喰い込んだところで足をはずし、二歩下って今度はスコップの柄の先端を両手でしっかり持ち、ぐいっと土を起こす。

周囲の土くれが少し動いた。しめた、このほうが可能性がある——。再び、右足をスコップにかけ全身の重みをかける。やや喰込んだところでまた、柄の先をぐいと下へ——。

四方に張っている根はしかし微動だにしない。

全身の重みをスコップに乗せる——、足をはずしてスコップを下げる——

全身の重みをスコップに乗せる——、足をはずしてスコップを下げる——

四回、五回、六回——。みりみりという手応えがあった。

——はがれてきた！

可奈は満身の力をこめてスコップにのしかかった。


可奈の洗濯物に軍手が翻るようになった。耕造が使っていた軍手であった。此処へ来て買った覚えはないから、それは多分、北海道の頃、庭いじりに耕造が愛用していたものであろう。耕造の葬儀のとき、屋外にあったがらくたは、兄弟達の手で殆ど処分されたが、どこでどう目こぼしされたのか、使い込まれた軍手の何組かが片隅の木箱から出てきた。

土を耕そう——。

可奈が心を決めたのは、この軍手を発見したその時だ。

まるで、そうしろって言わんばかりじゃあないの——。

見えぬ何物かの力で自分の行手を示唆された気持で、可奈は苦笑した。

あなたは、そういう人だった——。

可奈は、舞台から身を退いた時のことを思い出していた。

可奈が、二十余年にわたる芝居人生に幕を下したのは、耕造と一緒になって三年を過す頃だった。誰に強制されたのでもない、自分の意志でやめたのである。

耕造との結婚に際して、可奈は当時経営していた酒場をいさぎよく閉じた。酒場は生活のためのものであった。

日本の新劇団は、経済的に自立がきわめてむずかしく、舞台収入だけで生活できる劇団は皆無といっていい。俳優も、裏方も、それぞれが、みずからの生活を維持しながら、公演活動に結集するのが実情だった。

子どもを抱えて離婚していた可奈は、マスコミ収入だけではおぼつかずに酒場を開いた。

耕造とは、その店で出逢った。

生活のための酒場は、結婚すれば必要ない。六年間食べるためにやってきた店を止めることに躊躇《ためらい》はなかった。だが、芝居を止めようとは、全く思わなかった。

可奈の半生を支えてきたものは演劇であり、舞台で演ずることで生きてきたのである。可奈にとって舞台は生そのものであり、生涯かけて探究すべき人生の場なのだった。止めることなど考えられなかった。

「暮しの心配なしに芝居に専念できるなんて――、まるで夢だわ」

実際それは夢であった。恐らくそれは誰もの夢であろう。

生活と、真向から対決してこそいい芝居ができるのも真実であるが、反面、心身共に、ゆとりのある暮しあってこそいい舞台が創造できるのもまた真実であった。

新劇の俳優は、労働者や娼婦は実に巧みに演ずるが、貴族やお姫《ひい》さんを演らせると、生活臭が出て様にならない——などと陰口を叩かれるのもむべなるかななのだった。

可奈は有頂天になっていた。

そのために結婚したのではない。しかし結婚したことでその夢がかなったこと、その幸運を喜んだ。

「ふと気付いたら、俺の嫁さんは、女優だった」

はっはっはっ、と耕造は大声で笑い、そんな可奈を面白がる風だった。

その頃、古い仲間、そして新しい友人等と可奈は小劇団を結成し、年に一、二度の公演活動を行っていた。

劇団を維持し、一つの公演を打つのは並大抵でない。重要な財政源の一つであるパンフレットその他の広告取りだけをとってみても、思うようにゆかぬことが多かった。創立メンバーの一人である可奈は公演を前にして走り回っていた。その、ポスター、パンフレット、チラシ等に耕造は澄して、H製紙の広告を提供した。パンフレット用の座談会の会場を可奈が探していると、いつの間にか、耕造はホテルの一室を予約してくれていた。

耕造は可奈に芝居をやれとも言わなければやるなとも言わず、面白そうにただ協力していた。

可奈はそんな夫を不思議な男だと思った。

耕造が助力したのは物質的なことだけではなかった。

ブレヒトの『カラールのかみさんの武器』という、スペイン戦争に於ける一人の母親の姿を描いた戯曲を上演した時のことである。

可奈がそのカラールという母親を演じたのだが、幕が揚ると、カラールがパンをこねている。かなりの時間、パンをこねながら、祖国のために銃をとって戦闘に加わろうとする年端もゆかぬ息子との会話がある。

西洋人にとってパンを作ることは日常的なことで、従って身についたリズム感を要求される。ましてや、義勇軍に身を投ずることで少年としての誇りと志を持とうと母親に立向ってくる子を、思いとどまらせようと必死ななかでのパン作りなのだ。

パンをこねる手を瞬時も休めず、夫を戦いで失った母は、その息子を戦場へ行かせまいと説得する。むずかしい幕開きの大切な場面だ。

「ずっと昔、田舎でソバ粉をこねるのを見たことあるけど、かまどに入れるような大きなパンの素なんか、一体どうこねたらいいのか……」

困った——と吐息をつく可奈を、耕造は或る日、東京で屈指のOホテルのパン焼場へ連れて行ってくれた。

味が有名なOホテルのパン焼場はとても広く、コック達が沢山働いていた。耕造は年輩のシェフに可奈を引会わせた。その日から三日間、可奈はホテルに通いつめ、パンのこねかたの基礎からをシェフに叩きこんで貰った。

カラールは、スペインの田舎、アンダルシア地方の貧しい漁師のおかみさんだ。三幕目に、カラールが漁網を編む浜の場面がある。

カラールが浜辺で漁網を繕っているところへ、戦場からカラールの弟が何年振りかで帰ってくる。二人は抱き合い、そのままそこへ腰を下すと、魚網を編みながら日が沈むまで語り合うのである。だが、網の編みかたなど劇団の誰一人知る筈なかった。

舞台は虚構である。虚構ではあるが、しかし嘘は許されない。

可奈は耕造に頼んだ。耕造は、昔いた会社の部下に電話をし、千葉の房総の漁夫の家を紹介して貰ってくれた。可奈は夫と共に、一日、房総半島を尋ね、親切な漁師から本格的な魚網の編みかたと、破れた網の繕いかたとを教わることができたのだった。

演出家のT・Hから、

「チェーホフの『かもめ』を上演することになった。貴女《あなた》、アルカージナを演《や》ってくれますか？……」

と電話か掛ったのは、耕造との生活三年目の夏の初めで、可奈の心が微妙な変化に揺れている時だった。

可奈はこの三年間、形を変えても、『カラール』の時と同様に、可奈の芝居を応援してくれる夫を振返って、自分の仕事に対する夫のこの全面的な援助は何を意味するのかを心に問いかけていた。

意味などあろう筈ない。ただ夫は、率直に女房の面倒を見ることを愉快がっているに過ぎない――。

いま迄知らなかった世界を覗いて、結構自分も楽しんでいるに過ぎない――。

現に、

「お前さん、一銭のギャラも持ち帰らんだろ、これは嬉しいことなんだ。女房に下手に稼がれでもしたが最後、亭主たるもの落着かない。ちょっぴり優位を保ってのバランス・オブ・パワー、まことに居心地がよい。お前さんが自分で旗を巻きたくなりゃこれは別だが、俺はむしろ家庭の換気に丁度いいと思っている。どうだ、鷹揚な亭主だろ！」

そう言って耕造は呵々と笑ったではないか。

だがそう考えながら、妙に可奈は引っかかるものを覚えていた。

耕造のほうはバランス・オブ・パワーとかで落着いているらしいが、自分のほうがどこかで落着かなくなっている。何か、自分が重要なものを見失っているような気が日を追うに従ってしきりにしてくる。

殊によると……可奈の頭を、逆もまた真なり、の諺がふとかすめた。

殊によると耕造の本心は、妻が家庭に収まるのを望んでいるのではないだろうか。ライトに照らされたきらびやかな女房の姿より、台所で料理を作る女房の姿のほうが魅力あると思っているのではないだろうか。風呂をわかし、料理をし、玄関に灯をともして夫を待つ妻、それこそを、耕造は求めているのではなかろうか——。

Ａ劇団のＴ・Ｈは実力ある著名な演出家だった。大手の劇団Ｈの俳優養成所の三期生達と、将来ブレヒトやチェーホフの戯曲を上演するために二十年前に劇団を創立した人だった。十年がその目標だったが、あと十年俳優の成長を待ち、その二十年目にやっとチェーホフを上演できる態勢を築きあげ、今回の『かもめ』はいわばＡ劇団総力をあげての記念すべき公演であった。

可奈は出演を快諾した。可奈にとっても、アントン・チェーホフは、永年恋い慕った作家であった。Ｔ・Ｈはそれまでに可奈の舞台を二本演出してくれ、気心の知れた人でもあった。『かもめ』の主役女優アルカージナを、外部から客演させることに、Ａ劇団の創立メンバーはどう思うかの懸念はあったが、

「それは貴女が心配することではない」

とのＴ・Ｈの言葉に、可奈はＴ・Ｈを信頼することにした。

そして可奈は秘かに、これを最後の舞台にしよう——と心に深く決めていた。

厳しい稽古が始まった。往復三時間の道のりを可奈は一つの感慨を抱いて通った。二か月の稽古を経て、初日が開いた。

そして、今日は楽である。

『かもめ』の四幕――最後の場面……。

田園にある、兄と息子が住む生家に、女優のアルカージナが何年振りかで帰ってくる。作家のトリゴーリンも無論一緒だ。

冬の一夜、アルカージナを中心に、なじみの友人達がトランプを囲む。一人息子のトレープレフはそんな集りから一人離れて机に向っている。作家を志しているが常に人生に挫折している。うらぶれ果てた昔の恋人のニーナがその窓を叩く。アルカージナの愛人であるトリゴーリンに捨てられたニーナは、しかしトレープレフの許に帰ったのではない、今も尚トリゴーリンを愛していることをトレープレフは知る。居間では賑やかにトランプが続いていた。突如、ピストルの音がする。

アルカージナ（怯えて）なんだろう?

ドールン　なあに、なんでもない。きっと僕の薬カバンのなかで何か破裂したんでしょう。心配ありません（右手のドアから退場して、半分ほどで戻ってくる）やっぱりそうでした。エーテルの壜が破裂したんです（口ずさむ）「われふたたび、おんみの前に、恍惚として立つ。」……。

アルカージナ（テーブルに向ってかけながら）ふっ、びっくりした。あの時のことを、つい思いだして……（両手で顔をおおう）目のなかが、暗くなっちゃった……。

ドールン（雑誌をめくりながら、トリゴーリンに）これに二か月ほど前、ある記事か載りましてね……アメリカ通信なんですが、ちょっとあなたに伺いたいと思っていたのは、なかでもその……（トリゴーリンの胴に手をかけ、フットライトの方へ連れてくる）……なにしろ僕は、その問題にすこぶる興味があるもので……（調子を低めて、小声で）どこかへアルカージナさんを連れて行ってください。じつは、トレープレフ君が、ピストル自殺をしたんです………。

——幕——


楽であった。『かもめ』の楽日であり、可奈の女優としての楽の日でもあった。

斬新なA劇団の『かもめ』は成功し、可奈のアルカージナも好評であった。自分でも精一杯の力を出し切れたと思えた。

可奈は、T・Hに、今日を最後に舞台から身を退くと告げた。だが、T・Hはこれからこそ可奈という女優を更に飛躍させたいと考えていた。T・Hは怒りを顔中に表した。

「今度の貴方の客演、これは僕が充分悩んだ末、やはりアルカージナには貴方が適役だと思った。しかしお祭しの通り、女優の創立メンバーが少々騒いだ。無理もない、彼女らにとっても『かもめ』は、『桜の園』は、二十年待望んだものだったのだ。でも僕は自分を貫いたんだ。それは、芝居を成功させたいという演出家としてのエゴでもあったし、いま一つは、女優としての貴女に賭けたいと思う心があったからなんだ。貴女さえ希むなら劇団員に迎えたいとも考えていた……」

可奈は絶句した。けれど、予期したことでもあった。何故結婚などしたのか、そうT・Hの目は語っていた。可奈は止めようとする決心がともすれば挫けそうになった。T・Hの説得に溺れそうになった。

どちらかを選ばなければならぬとしたら……そして可奈は耕造を選んだ。

T・Hの前から、劇団の打揚げの宴から、そっと抜け、可奈は待っていてくれていた耕造と街の友人の酒場で、二人だけの打揚げの盃をかわした。

四季の中で一番厳しい寒さのはずの二月が、今年は割合暖かく凌ぎ易かった。天気の良い日など、やわらかい陽差しを浴びていると家の中にいるより戸外のほうがよほど気持よく、心が引きしまる心地がした。

遅々としながらも、一掘り、二掘りと雑草根を掘りかえし、ひと月もたつと、どうやら種を播けそうなほど庭は畠らしくなっていった。

二月末から三月にかけて、馬鈴薯をはじめ、菜っ葉類、根菜、花などを参考書片手に可奈は播いてみた。

何もかもが初めてのことで、すべてが手探りであり、とにかく、体験することによってしか、失敗することによってしか感得することはかなわなかった。

土からの反応、作物からの反応、肥料のこと、害虫のこと、喜んだり、がっかりしたりのじぐざぐの中から、くり返し可奈は色々なことを学んでいった。

自然の素晴しさ、畏《おそ》ろしさ、森羅万象、命あるものの愛おしさを可奈は知った。

ほんとうに、土から芽生えた小さな命が、こんなにもおごそかで可愛いものだったとは——。

「お母さん、そんなに見詰めてると恥かしがって引込んじゃうわよ」

そう言ってどんなに葉子にからかわれようと、耕造があの北海道の頃、庭の畠に一日中でもかがみこんでいた心情が、可奈にはいま初めて解る。

荒土を起し、手の爪を黒くして土を耕し肥料を与え、種を播き支柱を立て、草をむしり、雨風を憂え、育ちゆくものを害虫から守る。それに作物達が応えてくれた時のいじらしさ、心を焦すような喜び、嬉しさ、それは涙を流すほどの感動だった。

耕造は庭いじり、野菜作りが好きだったが、口で威張るほどの腕前ではなかった。だが、

「何を言うか、俺は百姓の出なんだぞ——」

と胸をそびやかした。

耕造は秋田県大曲市嶋村の出身である。家は旧家で、自分の土地を歩いて他村へ行けるといわれたほど、嶋村のおよそ半分を所有する地主であった。耕造の生母は、四人の子を産んで二十七才の若さで病没した。後添《のちぞえ》がその後六人子を産み、耕造はその十人兄弟の総領息子であった。

十人の子ども一人一人に乳母がつき、まさに乳母日傘《おんばひがさ》で育った耕造は、村の小学校から秋田の

中学に、更に旧制新潟高等学校に進み、東京大学へ、そして、あの太平洋戦争で学徒出陣兵として出征した。敗戦を満州で迎えた耕造はシベリアに抑留されて三年後帰国する。

耕造は、可奈と葉子に、自分の生れた家のことをこんなふうに語ったものだ。

「乗馬用の馬が何頭もいてね、倉が幾つもあってね、豆腐も氷も何もかも家で造っていた。使用人は顔を覚えられぬほどの人数だった。秋の収穫のあと、村人に施米するのが年中行事の一つだったが、俺は小さい時からその日が大嫌いでね。何故って——米を渡す使用人も、米を貰う村人も同じ小作人達だ。それなのに、その同じ人間同士が、片方はまるで権力者の顔をしてそれを与え、片方は頭を地につけてそれを受取っていた——」

敗戦後の昭和二十三年、復員して来た耕造は、その姿のままで、元小作人達の家を一軒一軒廻り「良かったね」と握手したという。

戦後の日本は、進駐軍マッカーサー司令官の命により農地改革が行われていたのである。

「みんな喜んだでしょう」

可奈は身をのり出した。

「ところがね、そうでもないんだよなあ……」

「あら、そうなの。じゃあ何て言ったの小作人達は?……」

耕造はいかにも自分も困ったような顔付で、

「それがねー、困ったような、不思議そうな、何ともいえない顔をして、とどのつまり物言わず……だ」

「なーるほどね」

可奈は、あははは と笑い出した。

「そりゃそうよ、そうでしょうよ。考えてもごらんなさいな、だって、曲りなりにも、あなたは、元地主よ、御主人様よ、御主人様の跡取息子よ、財産の持主よ。その持主が、財産を没収されて、それを貰った当の相手に『良かったね』なんて言われるなんて、普通じゃ考えられないことな訳よ。まるで狐につつまれたような気持になるの当り前だわ」

「そうなんだなあ……」

耕造の生みの母は無論、今は父も亡く、可奈は夫の両親を知らぬ嫁である。

何の話なのか解らず、キョトンとした目の菓子の頬をポンと突くと可奈は、

「それにしてもやれやれ私良かった、今のあなたさまのお嫁で——。とてもじゃないけど、軍人が泊ったり、奉公人がうようよしているような御大家の嫁さん、私なんか絶対に勤まりません！」

「そうだよなあー、お前さんは、地主が文無しになって万歳を叫んだ口だものなあ……」

「あら嫌だ——」

「ほんとにそうだ。お前さんは今の俺の女房で倖せだ。俺の母はねえ……」

耕造の目がみるみるうるんだ。

「それやこれやで、命をちぢめてしまったようなものだ……」

旧い家、大勢の使用人、親族への気配り、とりわけ、古いしきたりの家の、それも跡取息子は想像に絶する扱いを受けていた。耕造だけには二人の乳母がついて身辺を世話し、生みの母親でさえ、顔を合わせることすらまれであることが多かった。

或る夏の日、少年の耕造は自宅のプールで素裸で泳いでいた。珍らしく辺りには誰一人いない一刻――。多分倉に何かを出し入れに行った帰りなのだろうか、母が通りかかった。

母はプールの耕造をみとめて、はっと立止った。母と子は、四、五メートル間隔でお互いを見詰めあった。

「母がねえ、息をふうっと吸込んでねえ、思いつめたようなかすれ声で、懐かしそうに、『ぼう（坊）……』と呟いたんだ」

――あの時の姿が忘れられない、子ども心に哀しく、美しいなと思った。いまでも夢に見るんだ――そんな話をする時の耕造は、必ず目元を赤くするのが常であった。

可奈の菜園での初の収穫野菜は二十日大根だった。あの小さなまんまるい赤小カブ、いわゆるラディッシュと呼ばれるあれである。緑の生野菜の傍らにそっと添えて夏の食卓を彩るさわやかな赤小カブ――。

けれど二十日大根とはいっても決して二十日で収穫できるものではなかった。もっともその後、幾度か連作を試みたら、特に発育を促す真夏の頃は一か月ほどで収穫できたこともある。春の収穫には二か月かかった。

初めてその赤カブを静かに土から抜いてみた時の感動を可奈はいつまでも忘れられない。

その日、耕造の膳には土をつけたままの真っ赤なカブが飾られ、夜それはサラダ料理となって亡き夫の食卓を彩った。


五月、可奈は、トマトときうりの苗を植え付け、朝顔と昼顔の種を播いた。

すでに寒さは遠のき、やわらかくふりそそぐ朝の光は目覚めを軽やかにしてくれる。八十八夜を境に、もう霜も降りなくなっていた。

昼顔は、西洋名をヘブンリーブルーといって、朝顔にくらべると二まわりも小型の花である。鮮やかな水色の、可憐な花でありながら、その蔓はまことにたくましく、茎には沢山の蕾がつき次々と開いてゆく。

一日中、そして秋の終りまで咲き続けるこの昼顔は、耕造が毎年咲かせて楽しんだ花だった。

八十八夜の霜別れの朝、可奈は、幾袋かのヘブンリーブルーと、耕造の遺品の中から発見した朝顔の種を、家のぐるり、庭の四隅、縁側のたもとなどに盛大に播いた。

耕造は玄関の両側だけに咲かせていたが、可奈は屋敷中を花で埋めてみようと考えていた。ところどころ破けた垣根や塀のみすぼらしさを見栄えよくする狙いも実はあった。

十日も過ぎると、朝顔の芽が、昼顔の芽が、一本、二本と地上に顔を覗かせてきた。待たれた発芽であった。

おぼつかぬ作業だったが、それでも見違えるように庭は畠らしくなっていた。曲ったうねに、小松菜が青々と繁っていたし、いびつな花壇に、ローダンセが華奢な風情で咲いていた。大根もどうやら一人前になりそうだし、馬鈴薯も紫の花を揺らして日に日に成長している。

これで更に、縁側のたもとが朝顔の棚となり、垣根や塀を昼顔の蔓が這ってくれたなら――。目の前にその実現した風景を想像し、可奈はかくれた自分の才能を見出したかのような気で自信すら湧くのを感じていた。

ところがそんな自信はあっけなくくつがえされた。

あれほど頑健そうに発芽し、その後も順調に育っていた双葉が、叩きつけるような大雨が降った夜の次の朝、気がつくと見るも無残な有様となっていたのである。

もうすでに地面から離れて横たわっているものもあった。辛うじて土にしがみついているのもあるが、その色は萎えたようにうす黒くなっている。

可奈は声も出なかった。

二日後、かすかな希みを抱いて立直るのを待った地面にしがみついていた苗も、垣根の蔭になっていたために難を免れた二本の昼顔を残して、すべてが土に消えてしまった。

気力がすっかり失せて、二、三日可奈は何をする元気もなかった。

あの雨の故なのか、それとも他に何か原因があったのか――。張りつめていただけに痛手は意外に大きかった。

だが――奇跡が起った。

その日は休日であった。洗濯物を干していた葉子が庭先から可奈を呼んだ。

「ねえ、これ――、これ、雑草じゃあないでしょ。何の苗なんだろう?……」

殆どの地面を畠にしてしまったので、物干場は、車庫用のジャリを敷きつめた庭のはずれに移されていた。それに隣接してささやかな植込みがあり、都忘れとか、いちはつとかが丁度花盛りだった。

そのしばらく草取りをしてなかった植込の雑草に混って、あきらかに何かの苗があった。

「葉子、まわりの草を抜いてみよう……」

「でも、まさか……」

しかし、それは、まぎれもなく朝顔の苗であった。

まわりを見廻した葉子が、声をあげた。

「お母さん、そこにもあるわ、あ、あそこにも!!……」

二人は夢中で雑草を引抜いた。

肌を見せた土を背景に、四本、五本…八本…十本――実に二十本もの朝顔が双葉に露を載せてキラキラ輝いていた。

思わず、可奈と葉子は顔を見合せ、同時に、瞬間お互いに何を思ったかを悟った。

一年三か月におよぶ耕造の入院に付添った可奈と葉子は、多くのことを体験したが、なかでも可奈が身をもって知ったのは、命というものに対する、己れの普段の認識がいかに底の浅い傲岸不遜なものであったかということだった。

観念や理論などが、実際にその場に身を置いた時、すべて空論に過ぎず、極限に立ったときの人間の心はただひたすら、〈命〉そのものとだけ向いあうということをはっきり知ったことであった。

手術をすませた耕造は、完全に取去ることのできなかった腫瘍の治療にコバルト療法を受けた。そして三か月ののち、手術によって麻痺した左手足並びに歩行の訓練のため、リハビリテーション病院に転院したのだった。

転院に先立つしばらく前、可奈は耕造の病状について主治医と話し合った。有能で誠実な若い医師であった。

浮腫が起ったために行った二回目の手術の際、すでに片方の瞳孔は開いていたという。万一の九〇％あったし、命が助ったとしても、植物人間になるかも知れぬ懸念があった。

「意識が戻った時は、ですから私も嬉しかったです」

主治医は当時そう言い、そしてこの日もまた同じ言葉を言った。そして次に、

「腫瘍は思った以上にとれました。悪性ではあるがその中では良性と言えます。しかし、命は、定められた期間を生きると、あとは死です……」

死を語る時、一かけらの感情もそこには入れまいとするように医師はさらりと言った。

「死ぬ、と決った患者ではあっても、ある時期、僅かな時間でも人間として生きられる、その時間のために、我々はいま現在を全力投球します。だが——刻が訪れた時、それ以上生き永らえさせることには私は疑問を持っています。定められた生命を無為に引きのばすことに僕自身は疑問を持っています。でもしかし、ある期間でも、その人の人生が送れる時間があると想定した場合、それが五か月であっても一年であっても、その時間のために全力をあげて前進する、コバルト療法もリハビリテーションもそのために行うのです」

そう語る若い医師を可奈は長いこと見詰めていた。

定められた生命を無為に引きのばすことを……。刻が訪れた時、それ以上生き永らえさせることを……。

医師の言う意味が可奈には解っていた。脳外科の病室には何人ものそうした人が眠っていた。三年眠り続ける妻。八年間眠ったままの母。その家族たちが、或いは月に一度、或いは毎日、見舞う姿をまのあたりに見ていた。

蘇生ではない、或る時間だけ命を永らえさせる目的で、音高く鳴り響く人工呼吸機のうなりを

日夜、耳にしていた。

たった五か月で再発し、意識はしっかりしていても目の前に死が待ち受けている哀れな少年もいたのだった。

「そうです。その通りです。私もそう思います。定められた命を無為に引きのばすなんて、夫も私も希みません」

耕造の奇蹟を信じていた可奈の心は微塵に打ち砕かれたが、かえってこれで腰が坐ったとその時思った。

はっきりと自覚を持ってこれからの日を生きよう——そう決心した。

ほぼ決った生命、いいじゃあないか。漫然と、だらだらと生き永らえるよりどんなにましか知れぬ。目標を定め、凝縮した人生を精一杯生きればいい、可奈はそう自分に言い聞かせていた。

でも——。

刻が訪れた時——その刻、は、どんな形で襲ってくるのだろう。

可奈は怖ろしさに胸がふるえた。

そして——。

その時、私はどうするだろう。

果して………。

だが、もう人間ではなくなった耕造と、ただ生命だけを永らえさせてだけ一緒に生きることなど考えることができなかった。

それは嫌だ、と思った。

話もできない、物も食べられない、泣くことも笑うこともできない耕造と、一体どうやって生きられるというのだろう。


医師と話し合ったことで心の中に様々な思いが渦巻いたが、けれども間もなく、再び可奈にとっては自分達にそんなことが起ることはないという結論が生れた。いま現在、元気な顔の耕造を見ればそれは考えられぬことだったし、何よりも現実のあわただしさの中に埋没するしかなかったのだった。


リハビリテーション病院でのほぼ一か月はあわたゞしくも順調に過ぎた。耕造は自分で食事もできるようになり、歩行器で歩くことにも見通しが持ててきた。会話も活潑になり、笑い声さえたてるようにもなった。

酷暑の中で三人は希望を感じていた。

可奈は秘かに、若しかしたら医者は間違っていて、耕造は全く元通りの体になってほどなく帰宅できるのではないかと、またもや思いはじめた。

だが、二か月目に入る頃から耕造の様子がおかしくなってきた。頭痛を訴える日が多くなった。

訓練に意欲を示さなくなってきた。食事の速度が落ちてきた。

やがて高熱が出始めたのである。

熱は下らなかった。あらゆる検査をし、怖ろしいほどの注射と薬が与えられたが、どのようにしても熱は下らず、その原因が解らなかった。

二か月もの間、四十度を越す熱と闘ったあげく耕造はついに元いた病院に戻され、それから四十日足らずで意識を失った。後手後手に回った治療と、残した腫瘍の成長が原因であった。

「癌の末期症状です。初めから一年、或いは二年と言ったはずです。その一年がもう過ぎたでしょう」

縋りつく思いの可奈に、教授が言った。

可奈は飛び上った。

「お待ち下さい、先生待って下さい!! 一、二年というのは—— 一、二年というのは、初診の時から一、二年と、いうことではないのですか!。私はそう思っていたのです。ずっとそう信じてきていたのです!」

「違います、発病したと思われる時点からです。このまま意識が戻らないとなるともう永久に戻ることはなく、少しずつ死へ向って悪化してゆきます……」

可奈は目の先に青い焔がめらめらと燃え上るのを視た。

この夜、耕造は三度目の手術台にのぼり、七か月前と同じに再び体中が管だらけとなった。だが、希望に向ってではなく、あの若い医師が言った、〈無為に生命を引きのばすため〉の方法が、いま、とられたのであった。

呼吸をさせるために気管が切開された。食物を与えるために鼻から胃にチューブが入れられた。尿の排出のために導尿管がさし込まれた。脳圧を下げるための点滴、髄液を探るために開けた頭の穴――。

人間が、生きている姿ではない姿で、呼吸をさせておくためだけのために、体中を管だらけにし、あちこちに穴をあけ、検査と称する地獄の責苦に耐えさせる――。

人間の尊厳はもう何処にもない――。

耕造はそれを喜ばない筈であった。倒れる寸前にも、よもやこんなことになろうなどとは思いもせずにそんな話をし合った。

「おいおい、俺は嫌だよ、そんなのは」

だか、いま、管に取巻かれて横たわる耕造を眺めて、

――どんな姿でもいい、生きていて欲しい――。

と可奈は思った。

「私もそんなのは嫌よ、ばっさりやって下さいよ、その時は」

俺そんなの嫌だよと言う耕造に、可奈もそう応酬して二人は笑い合ったものだった。

だが、いま、可奈はこの地上から耕造がいなくなってしまうなどと考えることができなかった。

「刻が訪れた時、それ以上人を生き永らえさせることに私は疑問を持っています」――そうかつて若い医師が語った時、「そうです。私もそう思います。定められた生命を無為に引延すことなど夫も私も希みません」と可奈は昂然と言ったのだった。

だが、いま、可奈は自分の言ったそんな言葉に露ほどの矛盾も感じようとはしなかった。

耕造の頭の中は最早癌細胞で一杯だという。どんな手立てももうないという。残されているのはすべての冒されたものを取ってしまうことだという。

脳を取ってしまう。人間ではなくなってしまう。

「それは手術ではない、破壊です。そのうえ手術中に息が止る可能性が大きい。よしんば手術ができても、あとは植物人間です。何の意味がありますか、意味のないことです」

主治医はそう容赦なく言い切った。

「それでも――それでも私、いいのです。目の前から耕造という物体がなくなってしまうことがたまらないのです！」

可奈は自分を失い、医師に取り縋った。

「何言ってるのよ。物体がなくなったって耕造さんは生きてるわよ。貴女の中に、葉子ちゃんの中に、耕造さんは生き続けるわよ」

見舞いに来た友人がそう言った。

「これ以上耕造さんの体を苛《さいな》むことは止めなさい。痛い思いをさせちゃ駄目よ」

物体はなくなっても貴女の中に、葉子ちゃんの中に耕造さんは生き続ける――。

そんな慰めはもう可奈には通用するものではなかった。どんなことをしても夫の死を受付けぬ。その前に立ち塞がってでもそれを阻止しよう。

それはもうすでに矛盾だらけの心であった。

確かに、友人の言うように、穴をあけ、骨をけずり、管をつなぎ、まるで切り刻むように肉体を痛めつける現代医学の治療の実体を目の当たりにして、その都度、自分が切り苛なまれるような痛みを感じる可奈であった。

検査と称する地獄の責苦に、或る日、顔中が紫色にふくれあがり、その場で失神してしまった耕造――あのリハビリテーション病院での出来事を可奈は思い出した。

無念の心で再び元いたこの病院に戻ったその日、背中をまるめて太い針を脊椎に突き刺すルンバール治療の行われたあとに、

「くたびれたでしょう？……」

と問う可奈に、

「くたびれ果てたよ……」

とボソッと答えた耕造の声を可奈は忘れていなかった。

それにも増す三度のおぞましい手術——どんなにか、どんなにか痛かったことだろう。くたびれ果てていることだろう。

——しかし私は嫌よ、死なないで欲しい、生きて欲しい——。

痛い思いをさせたくないと思う気持と裏腹に、可奈は阿修羅の心で耕造の命に取組っていた。

——生きて——生きていて欲しい——と。

耕造の意識が戻らぬままに半年を過した或る夜であった。

消灯間近い時間に可奈は主治医から「医局まで来て下さい」と呼ばれた。その少し前に耕造の弟がやはり主治医に呼ばれていた。弟は帰りぎわに病室に立寄ったが、医師との間にどんな話がなされたかについては一言も語らず、匆々《そうそう》に「それでは」と言って帰って行ったのだった。

可奈の心に得体の知れぬ不安が湧き起っていた。

その時々の主治医にもう何度、こうして弟ともども呼ばれたことであったろう。五度、いや、六度、それはいつも耕造の〈死の宣告〉なのだった。

四十三度の高熱が幾日も続く。血圧が五、六十迄下る。脳圧が上昇する。全身痙攣が起る。これらが一種類の場合もあったし、二つ、三つが重なって襲う時もあった。その都度、危篤を告げられ、親兄弟を呼び集めるよう命じられた。けれども可奈は医師の話を聞く必要で、弟一人には来て貰ったが、親類縁者を呼ぶことはしなかった。耕造は死なないと信じていたからで、その通りに耕造はこの半年、危機を切り抜けてきたのである。

四十度を越す熱が一週間近く続き、やがてすべての体中の熱の塊を洗い流すかのような発汗が訪れた。

夜、可奈と葉子は寝静った周囲を気遣いながら、薄暗いスタンドの灯のもとでその吹き出る汗を拭い続ける——。

厚い湯上りタオルが汗を吸い取ってずっしりと重くなる。それを弱々しい電灯の熱で乾かすのである。あらゆる布という布を総動員して、後から後から吹き出してくる汗を拭きそれを乾かす。ベッドの周囲の鉄柵にそれらの布が満艦飾となり、しらじらと夜明けの靄が病室の窓硝子に訪れる頃、耕造の体はやっと平熱に戻る。

こうして耕造は襲い来る死ときっぱり訣別し、再びしっかりと生への歩みを始めるのであった。


今夜の話は一体何なのだろう——。

それにしても弟と別々に逢いたいというのは不審であった。

ここしばらく小康を得、反応もむしろ活潑になっている耕造を思い浮べて、可奈は高鳴る胸を押え、不安な面持ちで主治医と向い合った。

「御主人は、もう目を覚すことは絶対にありません……」

三十をいくつか越えた長身白皙な主治医だった。英国に留学し敬虔なクリスチャンであると評判の人であった。

「御病人のためにも、貴女と娘さんのためにも、もう考えなければならないことだと思います……」

「……どういうことでございましょう。何を――どう考えるということなのでございましょう……」

医師が何を言おうとしているのか――可奈は呑み込めなかった。

「今の状態のまま御主人の生を続けることは無意味だと申し上げています。いつぞやも言いましたが、現在、御主人に対する積極的な治療法はグリセオール点滴――それしかありません。それによって脳圧をコントロールし、あとは対処療法を行うしか術はないのです」

「先生は――夫は決して蘇えらぬとおっしゃるのでしょうか……」

「何度もそう申し上げたはずです……」

「…………」

「御家族さえ納得するなら、僕はグリセオール点滴を中止したいと考えています。弟さんや御兄弟は先程承知なさいました」

可奈は体中がわなわなとふるえてくるのを制することができなかった。

「だ、誰が――何の権利でそんなことを……兄、兄弟達に――一体どんな、どんな――!!」

可奈は心臓か止るかと思う興奮で言葉をつまらせ身もだえた。

「誤解してはいけません。弟さん方は、兄上のこと——よりも、貴女と娘さんの健康を心配して、承知なさったんですよ」

怒涛の如く押寄せてくる限りない場面が可奈の頭を駆け巡り、坐っているのさえ苦痛だった。

「人間、決断しなければならない時がありますよ」

目鼻立ちの整った白い顔付の主治医の声を遠くに聞き、可奈は「考えさせて頂きます」と言って立上った。


その夜、可奈は輾転反側しつつ過した。

意識のない耕造を葉子と二人で昼夜看護している中で、可奈は不思議な感覚を味わっていた。それ以前の看護とは違った安らいだ心であった。

手術後、そしてリハビリテーションをしていた頃の、押しつぶされるような焦燥感——。

「人格が変ったと思われませんか」と医者に言われた時、怖ろしさとともにそう思えた時の惨めな孤独感が消え失せ、眠ってはいても、本来の耕造、誇りすら取戻したかに見える昔通りの耕造の姿がいつも側にいると思えていた。

「お父さん、いい顔して寝てるわ」

実際、葉子もそうしみじみと言うのだった。

長い看護生活で肉体は疲れ切っていた。けれども精神は平安であった。

耕造は意識はないが、ただの物体ではなかった。人間として生きていた。可奈にはそれが感じられた。意識がないお蔭で、今や病人そのものの苦痛は余程の時以外はなく、それは大いなる救いであった。

楽しいはずのない病院暮しであっても、親子三人が肩を寄せ合って生きていると、これ程お互いに労りを籠めて生活したことが今迄にあったろうかとさえ思え、ささやかな倖せすら覚えるのであった。

まだ目を開いていた頃、

「耕造、可奈、葉子、三人の城だものな」

とふと耕造が呟いた、その万感の思いが可奈によく解った。

物言わぬ夫となどとても暮せぬ、とかつては思ったが、今は、迷いなく暮していた。辛くて逃げ出したいとふと思ったこともあったが、いまはそんなことを考えることもなかった。

静かな心で、ひたすらな目覚めを祈る——そんな毎日なのだった。安楽死をすすめる主治医への答えは決っているはずであった。

翌日の夜、主治医に〈二者択一〉を迫られた事実を、可奈は葉子に告げた。可奈にとって葉子は、もう娘ではなく相棒——頼もしい相棒だった。葉子は目を瞠《みは》り、そしてその目を膝に落すと怒りを籠めた口調で言った。

「お母さんが、今迄も、そしていま現在も、お父さんにどうかかわってきたか、そしているか、誰よりもそれを一番よく知っているのが、お父さんだと思う……」

可奈は葉子を見詰めた。

「お母さんが先々後悔しないように――重いものを背負って生きないで済むように――これは、ほんとうはとても大切なことだと私は思うけれど……。でも、それもこれも、いまのお母さんにとってはどうでもいいことなんでしょうね――」

葉子は可奈を正面から見た。

「お母さんはね、お父さんが愛しくて仕方ない。それだけね、それだけなのね、その一点だけに煮つまってるのね。私には、そう感じられる……」

真赤な目をしながら更に葉子は続けた。

「私はね、毎日お父さんと接していて、お父さんが、生きようと懸命に努力しているのが肌身に感じられるの。生かそう――としているお母さん。生きよう――としているお父さん。私はこの二つしか視ていない。若しかしてよ、お父さんが、生きるのを止めた刻、もし、そんな刻がきたとした時、その時は、私が説得して、お母さんに安全装置を外すよう言うかも知れない。でも、その、間違いない最後の瞬間をこの目で確めない限り、私は前を向いて歩いて行く」

意識はなくとも、生きようとしている患者の姿を医者は認めようとしない。

「生きるということは別にあります。植物と化したものはもう人間ではない、生かしておくことは無意味です」

そうだろうか。

耕造が、生きることを止めようとしていたなら、もうとうの昔にその機会はあった。あらゆることに打勝って、現在ここに在ること、これこそ生きている証拠ではないか。

六度におよぶ危篤を乗越えた時、誰よりも驚きを示したのはむしろ医者達ではなかったか。今ここに、規則正しい呼吸をし、チューブを通してではあるが食物を食べ、従って便を出し、尿を出しオナラだってする。勢い良いくしゃみもすれば、黙って体に触ったりしようものなら、おこって体をすくめ抵抗する。

と思うと、体を拭いてやると素直に思うがままに拭かせ、さっぱりとしたやさしい顔付になる。存分に甘え、安心し切った顔で寝ている。おとなしく寝ていたと思うと起きたいらしく、顔をしきりに動かす。耳元で話しかけると、どうだろう、首をすり寄せてくるのである。

生きる——生きる——ということは——。

可奈は翌々日の夜、医局のドアを押した。

主治医の目は自信に満ちていた。

「グリセオール点滴を外す気持はございません。どうぞ——どうぞ、出来得る限りの手当てをお願いしとうございます」

「……」

明らかに不機嫌さを隠そうとしない医師に可奈は臆せず言葉を継いだ

「先生は——、いえ、先生だけでなく、今迄のどの先生方も、夫のような患者は、もう人間ではない、と思っておられます。植物人間として生を続けることは無意味だと、現に先生はこの間おっしゃいました。でも、夫は私や娘にちゃんと反応を示すんです。私達の話すことは全部聞えているんです。それは、生きている証拠ではないのでしょうか？……」

「それについては、幾度も申し上げたはずです。それは単に反射神経に過ぎないのです」

「私にはそうは思えません。生意気を申します。失礼ですが、人間には心というものがあり、心というものは必ず相手に伝わるものと私は信じます。生きてくれと願う私どもに夫は必死に反応してくれている——としか私には思えません」

「……」

「その夫を……私の手で……それはできないことです」

「……日本人の習性だが——無意味な倫理観が強過ぎる——僕はそう思います。所詮、貴女と私の考え方の相違だ……。よろしい、グリセオールは外しますまい。だが、それは貴女の自己満足だ、と僕は言いたい……」

こうして、意識を失《な》くしての八か月の歳月を耕造は見事に生き切り、そして壮烈に散って逝った。

五十七才の誕生日間近い、ギラギラと太陽の輝く暑い朝であった。

小菊が可愛く咲いた。

成長の途中で、芯を摘みとってやると四方から若い芽が生れてきて、それをまた摘むと更に新しい枝が生れる。可憐に、そして華やかに羽を拡げてゆく様は楽しく、次第に菊畠全体が大きくふくらむのだった。

耕造は北海道では広く土地を耕やして作物造りをしたが、この家ではさすがに芝生をはぎとる気は起さなかったとみえ、小さな空地に菊を育てていた。

いま咲いたこの小菊はその時のものだ。長く家を留守にしていたにもかかわらず、季節がくれば忘れずに花を咲かせたのだろう。

絶えずにあった命は大切だった。

半年の丹精が実を結んで色とりどりに乱れ咲く小菊に可奈は目を細めた。

植込みで発見して移植した、朝顔も昼顔も、八月の声を聞くと共に咲き始め、涼み棚を、垣根を、彩ってくれて、いまは昼顔だけが咲き続けている。

秋空のもとで、上空の昼顔と大地の菊とが呼応するように花を競っている。花の香りに誘われてだろう、小鳥が何羽も羽を休めている。

可奈と葉子は、縁側に腰を下ろしてそんな光景を眺めた。

「お父さんの昼顔、一体いつまで咲く気だろう?……」

葉子が笑った。

「え？　そうか、あの時、あんたもそう思ったのね」

植込の中から、二十本もの双葉の苗を見出した日のことを可奈は思い出した。

「お母さんだってそう思ったんでしょ……」

それは多分、咲き終った花の種を、翌年のために或る日耕造が採り、その時、茶封筒に入れそこねたものがこぼれ、風にのり、めぐりめぐって、植込みにひそんだものなのだろう。

理屈は百も承知していながら、でも、あのぼたんも、この昼顔も、理屈で咲いたのではない――と可奈も葉子も感じていた。

大自然の不思議なからくり……。

命の不思議……。

望まざる、然れども、貴重な、病院生活の中で可奈も葉子も人間の傲慢とはいかなるものかを少なからず知ったのだった。

「おかしな夫婦だったわね――」

葉子がまた笑った。

「いい年して――二人揃って一晩中天下国家を論じて……」

「家へ帰って、お前と酒を飲み、話をするのがいまの俺には最高だ」

若い頃から夜の巷を愛し続けた耕造がそんなことを言った。

可奈も同感だった。芝居を演るより、何処かへ出掛けて行くより、夫の帰りを待ち、あれこれ食べものを作る暮しが倖せだった。

延々と、三時間でも四時間でも飲み、食べ、喋り続ける両親に、葉子があきれ果て、途中から自室へ引揚げようとすると、

「葉子もここにいるべきだ。いろ……」

といつも耕造は言い張っていた。

——話はいくらでもあったもの……。

二人には話すことが一杯あった。物の考え方の根底が一緒だった。

「お前さんは一生懸命物を考えるから好きだ」

と耕造が言った。可奈も自分の考えたことをちゃんと聞いてくれる耕造が好きだった。

一つのことを二人でいつも考えた。意見が合わないと合うまで話し続けた。喧嘩もよくした。くたびれても結着がつくまで寝なかった。


「そう……そんなにおかしな夫婦だった?」

「うん、おかしかった。片一方が欠けたら子どもは大迷惑だ、と思っていた」

「何故?……」

「だってそうじゃない。お父さんが一人になった姿、お母さんが一人になった姿——、これはもう想像するにも忍びないもの」

「また、人をからかって……」

「でも——いい夫婦だな、と思った」

「お父さんがね……」

舞い上ってゆく鳥の行方を可奈は目で追った。

「葉子に何もしてやれなかった、と言っていた……」

「………」

「倒れるしばらく前だけれどね、思い出したように幾度もそう言うのよ………。何かの予感が、あったのね……」

「……いつだったかなあ。葉子はひねっこびた子だったぞって、お父さん私に言ったことがあるのよ。あの頃のことなのよね、私達が出逢った頃——つまりお母さん達が再婚した頃ってこと……」

「へえー　知らなかった……」

「今、私ひねっこびてる、お母さん?……」

「そんなことないよ」

「ってことは……葉子に何もしてやれなかったってことではない、ってこと……」

「そういうことね……」

二人は顔を見合せてほほえんだ。

春先に鮮烈に咲いたぼたんの、あのやわらかくも熱い感触が、可奈の脳裡にまざまざと蘇ってきていた。

比翼雛

晩秋の十一月二十日は穏やかな秋晴れだった。雲ひとつない空は東京では昨今めずらしい。耳をくすぐるほどの静かな風が、都心から少し離れたこの広い小平霊園の空間を心地よくそよがせる。他の樹々はすでに紅葉も終わりなのか、いま、朱を見せているのはもみじとどうだんだった。随所に植えられたもみじと、墓々を囲むように覆っているどうだんの垣根は、目も綾に道往く人々の目をそばだて歩をゆるめさせる。

二十分も歩いただろうか、数珠つなぎに歩いて来た出席者達が汗ばんだコートを脱ぐ頃、集合場所だった駅前の石屋から車で先発していた今日の喪主の真咲富美夫・街子夫妻と、その次男の姿が向こうに見えた。三三五五、親族等はその周辺を埋めた。

墓石に大きく安宅家の墓と刻まれている。

墓石の手前左に一枚の横に広い碑があり、物故者の名前と死亡年月日が記されている。

真新しく書き加えられたそれは、

安宅直　昭和五十八年十一月五日没　享年九十二歳

安宅晴子　昭和五十八年十月四日没　享年八十一歳

と読めた。

年寄った墓男が一人、もう殆ど掘り上げた墓穴を丁寧に整備していた。

白布に包まれた白木の箱が二つ、祭壇に置かれていた。

一世紀にほぼ近い年月を共に生き、しかも携えて彼岸に去った男女の、此岸の人々との別れの儀式がこれから取り行われようとしているのであった。

時子は周囲にそっと目を遊ばせた。

三年間寝たきりの母の看護とその死、息つぐ間もなく襲った一か月後の老父の急逝に、一人娘の街子が呆然とした面持ちですっくと立っていた。その妻を労《いたわ》るように立つ医師の真咲富美夫が、モーニング姿に威儀を正していた。

時子の母親の絹子と、絹子の姉頼子がいつもと一緒で仲良く並んでいた。

今日の二人は喪服でなく控え目な薄茶の小紋を着こなしていた。この老姉妹の長姉が、白木の箱に納まった草月流師匠・安宅晴子であった。

両親や兄達を遠い昔に喪っているこの三姉妹は、年に二度、故郷の静岡県岩淵の生家の墓に揃って詣でるのがもう長い間のならわしになっていた。仲良く墓参に出発しながら、必ず小さないさかいを起こすのもいつものことであった。

頼子の長男の文夫が、

「いつだったかな、俺が車に三人乗せて行ったことがあるんだよ。いや往生したよ、例の悶着が始まってね、だんだん激しくなってきたなと思ってたら、晴子伯母さんが怒って途中下車しちゃったんだ、全く面倒見きれんかった……」

晴子の通夜の席で隣りに座った時子にそう語るほど、一族の間では知れ渡っているのだった。

そんな場合、仲に入っていさかいを収めるのは、伯母の頼子であるのも必ず決まっていた。三人の中で頼子が一番穏やかで良識ある女《ひと》であった。

美しく勝気な姉と負けず嫌いな妹――長女の晴子は軍人だった父親の早逝後、一家を背負った気丈な娘だった。母親を助け、髪結いや書道を生業に弟二人を大学に、妹二人を師範学校に入れ、自分はとうとう高等小学校までしか行かなかった。だがその分、気品ある容姿と多々すぐれた才能に晴子は恵まれていた。

だからどんなにそれが理不尽なことであったとしてもこの姉は偉く、病に倒れるその日まで、頼子も絹子も、晴子に結局は従う長い人生を送ってきたのであった。

幼い時から、時子も母親から晴子に対する愚痴をよく聞かされていた。差別意識が強く、ことあるごとに相手の家柄をあげつらうこの伯母を、時子も、嫌だなと感ずることがしばしばだったが、そのくせ盆暮には必ずびっくりするほどの礼をつくす母親を、

「姉妹なのにどうしてそんなに見栄や形式をとりつくろわなけりゃならないのよ……」

と疑問をぶつけながら、同時に明治生まれの長幼の序を感じたりもしたものだった。

幼い頃はもとより、それぞれの人生を歩んで七十を過ぎた現在まで、頭を抑えつけられ通しだった姉の晴子の死を、二人の老姉妹はどのように受け留めているのだろう――時子はそんな思いを込めて、前列に並んで立つ母と伯母をみつめていた。

整備を終えた墓男が埋葬を告げた。

その時である。それまでモーニング姿の夫に寄り添っていた真咲街子が、その少しいかり肩の

長身を揺らしながら父母の骨壷に歩み寄った。一瞬皆が見守ると、街子は二つの壷を交互にぽんぽんと叩いた。

小さな声で何か呟くのが聞こえた。まるでそれは何かを確かめるような感じだった。

——いいこと、お二人さん、一緒に土に帰るのよ……。

時子には街子がそんな風に言ったように聞こえた。

時子の脳裡を、故郷の墓に眠る夫の良の面影が刹那によぎった。

羨ましいな——。

時子は心でひとりごちた。

あたしも……ああしたかった——。

一緒に比翼に納まった男と女を、時子は羨ましい——そう思った。

時子が伯母の晴子をその病床に見舞ったのは、夫の良を喪ってほぼ一年たつ頃であった。夫の死と同じ時期に倒れたと聞いていた伯母のことは気にはしていたが、自身、良の死に依る衝撃が激しく、人様の見舞いをする心のゆとりが持てなかったことや、良の故郷が秋田で、葬儀や、日を改めての埋葬などの往復に日時を費したことに依ることも大きかった。

良の東京での密葬の際、何人かの従兄弟達も顔を見せてくれていた。だが、良の旧制高等学校時代の友人達その他大勢いる会葬者の中で、文夫などはそう言わなければそれと解らぬほど面変りしていたし、またそれほど長いこと多くの従兄弟らとは疎遠の仲となっていたのだった。その中で街子はすぐに解った。街子とは考えれば戦後逢っていないのだから、恐らく小学生の時、時子らが父親の故郷松本へ疎開した時以来のことではなかろうか。けれども街子は幼い頃とまるで同じ顔をしていたのである。

――ああ、街子ちゃんが来ている……。

時子は、多分、伯父伯母の名代として列席してくれたに違いない。久し振りの従姉妹の姿を懐かしく目の端に捕らえていたが、その時はそれきりであった。

その後、せめて見舞状だけでもと差し出した手紙の返事に、街子から電話が掛かった。伯父伯母とは蚕が糸を紡ぐように切れずに折々の場面で逢っていたが、ぷつりと切れたまま四十年近くも出会うことのなかった従姉妹の声は、しかし不思議に昔のままなのであった。

幼い頃、ひとりっ子の街子は癇の強い子だった。いつも取澄ましていて、お嬢さん振った態度が時子にはどうしてもなじめなかった。

受話器から伝わってくる四十年振りの街子の声は、記憶にとどまっている幼い頃と少しも変っていなかったが、その物言いは随分変化していた。歳月は街子を、いつも高みから物を言う人間から、先ず相手を思いやる人柄に変えたのだろうか。

時子の見舞状に繰り返し礼を言い、両親が何よりも喜んでいることや、伯母の現在の病状をつぶさに語り、また時子の夫の死に改めて悔みを述べるのだった。

「御主人の看護大変だったでしょう、私もいま母を看ていてつくづくそれが解るのよ。下の世話から始まる毎日の暮し、いつまで体が持つだろうと思うわ」

街子の話によると、東京の自宅で母親が或る日倒れ、医師の夫の富美夫と一緒に、寝台車で茨城県取手の夫婦の家に連れて来たそうである。九十歳近くになる父親も一人で置いておく訳にゆかず、家を離れたくないと渋るのを無理やり一緒に引っぱって来た、従って両親の家はこの一年鍵を掛け放しで近所の知人に見廻って貰っているという。

「仕方ないのよね、私はひとりっ子だし、私がしなければ他に誰もしてくれる人いないもの……」

「でも旦那さまがお医者さんで何よりの環境ではないの。二十四時間主治医付きなら伯父さんも伯母さんもどんなに心強いか知れやしない。あなたもくれぐれも自愛なさって……」

親しみの籠もる街子の電話で、それまで逡巡していたのが急に伯母の顔が見たくなり、それから間もない日を選んで時子はその家を訪れた。

真夏の暑い日だった。幾つか電車を乗り継いで、蝉しぐれの騒々しい、まだそれほど拓けていない小さな駅に降り立ち、真咲病院を聞くとすぐ解った。住いはその小さな病院からものの二分の処であった。

大谷石の塀に囲まれた静かなたたずまいの屋敷は、娘夫婦のために街子の両親が数百万を投じて造らせたと聞き及んだ庭の奥にひっそりとしていた。手入れの行届いた築山には小綺麗な植込みがあり、広々とした池には見事な鯉が尾鰭をきらめかせて遊んでいる。

「よく、いらして下すったわね」

これも変っていない、ちょっぴり取澄ました風情で街子は出迎えた。

玄関を上った右寄り二つ目の部屋が伯母の病室にあてられていた。

「いま、起きているわ、良かったわ」

街子に案内されて一歩部屋に足を踏み入れた時子は呆然と立ちすくんだ。小さな安楽椅子に腰をかけ、頭を断髪にした老女がそこに居た。

これがあの伯母さん？……。

それは、この家が街子の家で、その母親の病室に案内されたということがなければ、到底見分けることのできぬほどの変貌を逐げた伯母の姿であった。

——あの美しく、高慢だった人がこのように——。

二回りも小さくなったその女《ひと》は、見事だった黒髪も根元から切られた散切頭《ざんぎり》で、その顔もちまちまと、すっかり険のなくなった可愛らしくさえ見える目付で、部屋に入ってきた時子を見上げたのだった。

「お母さん、時子さんよ、お見舞いに来て下すったのよ」

街子が耳元に近寄って大声で言った。

「ああ、時子ちゃん……」

「伯母さん、時子よ、ほんとにお久し振り……もっと早く来なくちゃいけなかったんだけど、ごめんなさいね」

　街子が、

「時々、変なこと言うかも知れないわよ」

とあけすけに言った。

「伯母さん、でもお元気そうで良かった……」

　昔の晴子伯母より、ずっといいじゃあないの――。

　内心の愕きをさりげなくごまかし、時子は伯母の顔をのぞき込んだ。

　それと見紛うほど愛らしい女に変貌した安宅晴子であった。細首を傾げ手を差し出し、ややよどんだ瞳ながらもすがりつくように頼りなげに身を捩る。

「時子ちゃん、良さんお気の毒だったわね……」

　ああちゃんと解っているんじゃあないの、そう時子が思った途端、

「時子ちゃん、一緒に住みましょう、一緒に住みましょうね……」

　謳《うた》うように繰り返しそう晴子は言った。

　夫を喪った姪を労《いたわ》って、あんた寂しいだろうから私達と一緒に住みましょうと言ってくれたのかと、時子は思わず目頭が熱くなったのだが、すぐさま、成程このあたりが街子の言う時々変なことを言うということなのかと思い当たった。

　考えてみると晴子は、決してそんなことを言う人ではなかったのである。寂しいだろうとは言

っても、一緒に住もうなどとお世辞にでも言う人ではない。勿論今時、血は繋っていても親娘でもないいわば他人に、なかなかそんなことは言えないことだし、またできるものでもない。

晴子は自分の末妹・絹子の家庭を上から見下ろしていたのだった。自分の家より一段も二段もレベルを低く見ていた。昔の暮しむきはとにかく、戦後まもなく、時子ら六人の子を設けた夫と離別し、その後なりふりかまわず子どもらを育てた絹子とその子どもらは、晴子にしてみれば一族として人様に自慢できる身内でなかったのである。

「あんた達のお父さんは……」

晴子は、時子が何かの用でその家を訪ねると何はさておき必ずこう言った。顔さえ見れば先ず出だしに「あんた達のお父さんは……」から始まる晴子伯母の侮蔑的な物言いは、いつも時子に反撥心を起させた。

「あんた達のお父さんのお蔭で、お母さんはひどい苦労を……」

あんた達のお父さんはに続く、お蔭でお母さんが苦労してという言い方はそれこそおかしなものだった。

親の離婚こそ、子どもらにとれば迷惑な不幸なことというのが時子の言い分であった。

親は離婚に際して子どもに理屈抜きに先ず謝るべき――である。親の離婚は子どもの人生を変えてしまう、それに対して心底陳謝すべきである。無論、やがて不幸を克服して幸福になる者も沢山いるはずだ。だが、何がどうあったとしても夫婦別れそのものが子どもに対して申し訳ないと思うのが離婚の前提である。

これが、かって娘の美和を連れて夫と別れた時子の男女の別れの定義であり持論である。

晴子は、時子だけでなく、まだ幼い時子の弟妹にも「あんた達のお父さんは」を忘れなかった。一体そう言われて時子達はどうすべきであったろう。あんた達のお父さんはと言う時、晴子は妹婿への憎悪を子どもらへも同様に向けた。

「あんた達のお父さんのお蔭で、私の妹が不幸に……」

なら、それなら子どもの私達の心はどうしてくれるの――。

そう言いかけて時子はその都度口を噤《つぐ》んでしまう。晴子を説得するなど至難なことだと感ずるからであった。

二十一か二ぐらいの時だった。晴子が縁談を勧めてきたことがあった。

戦災で家は焼かれ家族揃っての帰京など及びもつかぬことで、時子一人だけが疎開先の松本から上京して間借り生活をしていた頃であった。女学校の一年上級だった友人の影響で、時子は画家を志し、友人のあとを追うように上京すると、アルバイトをしながら画塾に通っていたのである。まだまだ戦後の日本は復興もすすまず、人々は貧しさからも飢えからも解放されずに暮していた。

晴子からの連絡で母親の絹子は松本から飛んで来た。

見合いを嫌がる時子を絹子は、伯母さんの顔をたてて会うだけでも会ってくれと膝を折った。

夫との離婚が裁判になったりで頼子姉は無論、長姉の晴子に一方ならず厄介をかけた母はますます肩身が狭く、どんなことでもハイハイと聞かねばならなかった。晴子の勝手さに我慢の緒が切れると、それまでのすべてをぶつけるような言い合いになるが、さもない場合は、絹子はその姉にまことに従順で逆らうことをしなかった。そんな母親を時子はじれったく思うのだが、勤めを休んでわざわざ上京して来た母が可哀相にもなり、とにかく会うだけならと見合いを承知したのだった。

ところが、やがて伯母の口から出た言葉は時子の怒りを誘うに充分であった。

前の日、あらかじめ母娘を自宅へ呼びつけた伯母は、絹子の近況を憂え顔をしながら尋ね終わると、膝をつと時子に向け直し、勿体振った口調で語り始めた。

「時子ちゃん、あんたはほんとうに幸運な人ですよ。相手の人はね、三十を少し越した人なんだけど家代々の薬局で、あのあたりじゃあちょっとした資産家なの。そりゃあね、去年奥さんを亡くしたっていうひけ目はあるかも知れないけど、だからこそ、本来なら家柄も良く財産もある娘さんを貰えるのをあんたと見合いしようって気になっているの。仲に入るのが他ならぬ私だからってこともありますけどね。

私はねぇ時子ちゃん、あんた達母娘のことがいつも頭を離れないのよ。あんた達のお父さんがああいう男だから、このお母さんがどんなに苦労していることか——六人もの子どもをみんな女親に押しつけてですよ、一銭の扶養料も送って来ないなんて犬畜生も同然ですよ全く。鬼ですよ、あんた達のお父さんは――。

児島さんはね、児島さんってのが見合いの相手の名前ですがね、児島さんはそこのところを充分に解ってくれて、ゆくゆくはお母さんを引き取って面倒を見てもいいって言ってくれてるのよ。こんないい話ってあるもんじゃあない――。勝手なことばかりしてきたんだからあんたもこの辺で親孝行をする願ってもない機会ですよ、下にまだ弟妹もいるんだしね……。

明日は美容院へ行って。ねぇあんたその服ねぇ、そんな地味なものしかないの、もう少しましなのはないのかしらねえ。まあなければ仕方ないからせめてきちんとアイロンをかけて――いいですね、伯母さんに恥かかせないで下さいよ、解った……」

時子の倖せ――という言葉は伯母の口から一言も発せられなかった。

母親に楽をさせるために時子に嫁に行けというのである。不幸な妹を現在の境遇から救わんがために、その娘を再婚だが小金のある男と妻《めあ》わせようというのである。

私を人身御供《ひとみごくう》にするつもりなんだ――。

時子は口惜しかった。知らぬ他国で馴れぬ勤めに汗している母親を幸福にしてやることに意存はないが、だからといってそのためだけに気に染まぬ結婚などするのは真っ平であった。しかも、父親もなく、家も焼かれ貧乏暮しのお前達一家がこのような見合いができるのはひとえに私という人間のお蔭だ、と思うさま恩すら着せようとしている晴子の心うちを考えると、時子の胸は裂けんばかりに怒りで沸騰してくるのだった。

約束の日時に時子はたぎる気持を鎮めて見合いの席に臨んだ
児島某は、身なりこそ立派だが愕くほどの小男で、片足に義足をはめていた。大学を出ていたが会話はきわめて乏しく、態度も小心翼々といった感じだった。時子は女にしては背も高く、美人とはいえぬまでも十人並の容貌に、若く潑剌とした姿態を備えていたし、何よりも、人生に多くの憧れを抱いていた。

男は、外見こそ見映えしないが学歴ある地域の資産家――。女は若さだけが取柄の名もなく貧しい片親娘。人格は無視し、ひたすらこうした面だけの釣り合いを重視した晴子の思惑がわかり、むしろ時子はただ唖然とするしかなかった。

翌朝早くに晴子から電話が掛かった。

「時子ちゃん喜びなさい、児島さんあんたをとても気に入ったらしいのよ。結婚を前提に是非交際《つきあ》いたいって、早速昨夜伯母さんとこに挨拶がありましたよ、あんたもお母さんも、だからそのつもりでね、粗相のないように礼儀正しいお交際いをするんですよ。

次の日曜日に――いい？　次の日曜日の二時にですよ、銀座の資生堂パーラーで児島さん待ってるそうだから――映画を観てお夕食でもっていうことですからね、じゃあ間違いなく――いいですね」

時子の気持や都合など一切お構いなしに、言うだけ言うとがちゃりと電話は切れた。

当日、時子は敢然とそれをすっぽかした。精一杯の伯母に対する抵抗であった。

その後随分と長い間、伯母の晴子は事あるごとにそのことを罵った。「あんたの躾がなっていないから」と責められた母の絹子には気の毒な思いをさせてしまったが、しかし時子は胸の溜飲を下げた思いであった。

——それにしても見合いの相手には悪いことをしてしまった、あの人には何の罪もないのに。遠い昔のそんな出来事を想い出しながら、いま目の前でにこにこしている老女のあまりにも愛らしい様子が時子は信じられぬ気持であった。

かねがね血圧が高く、しょっちゅう眼底出血を起こしたりしていた伯母だった。それなのに伯父の現役退職後、それまではほんの手すさびだった華道に全身を打ち込み、今や草月流の押しも押されもしない師範として、倒れる少し前まで百人近い弟子に教えていた。

直接の病気は心臓だったという。何でも心臓の血管から脳に異状が生じたとかで、いわば脳血栓のような症状なのだろうか、それとも脳軟化症なのだろうか。

「時子ちゃん、私と暮しましょうね、一緒に住みましょうね……」

どんな思いが去来するのか、良のことと、暮しましょうねを繰り返す。晴子は良をいたく気に入っていたのだった。

時子が十三年前、一人娘の美和を連れて再婚した相手の良を、晴子は初対面の時以来すっかり気に入り、その後も、

「時子ちゃん、いい人と結婚できて良かったね」

と時子がくすぐったくなるぐらい幾度となく賞めそやした。

良の風格と人柄に——と思いたいところだけれど、それだけでなく、良が地方の旧家の生れであること、最高学府を出ていること、社会的地位の高いこと、これが晴子が大いに気に入る要素であることも時子は知っていた。

書に造詣深い晴子は、たまたま差し出した良の手紙の文字にも最大の讃辞を惜しまず、わざわざ電話を掛けてきて繰り返し時子の幸福を喜んでくれた。自分で納得したことに対してはきわめて率直な晴子のこうした一面は、その変り身の見事さにあっけにとられながらも、時子にしてみれば、この伯母を憎めずむしろ共感を覚える理由《いわれ》でもあった。

良が倒れ、長い入院生活を送っていた頃、多分、伯母の肉体もむしばまれつつあったのだろう、具合が良くないので見舞いにゆけぬとの添え状と見舞いの品が病院に届いたのだった。

九十歳になるという伯父の直が散歩から帰ったのを機に、時子は病室から居間に移り、三十分ほど伯父の相手をして真咲家を辞した。

伯父はそれがトレードマークの鼻下のチョビ髯をなぜ、昔と変らぬ健康そうな赤ら顔をにこにこさせていた。

午前と午後必ず散歩をするのだと言い、

「この辺は静かだし、散歩道が沢山あっていいわね」

と時子が慰めると、

「そうだね、だけど伯父さん、田舎は性に合わないんだ、伯母さんの病気が治ったら二人で早く東京の家へ帰りたいんだ……」

実直で穏やかで、何よりも酒を愛し、いつもにこにこと笑いを絶やすことのない九州出身の直伯父はそう言ってにっこりするのだった。

次に時子が伯母を見舞ったのはその死の二日前であった。すでに夏頃から意識が混濁していることを母の絹子から聞いていた。

「今年の始めからもう寝たきりになってたんだけどね、夏の始め頃からは点滴で持っているのよ。意識もだんだんなくなってきてね、そう、良さんの時と同じ状態よ……。危篤だって街子ちゃんから電話が掛かって、頼子姉と何度駆けつけたことか――でもその度に持ち直してね、富美夫さんが一生懸命治療してくれるお蔭だし、富美夫さんとこの婦長さんが夜も看護に来てくれる。それもあるけど、生命力が凄いんだね、きっと……」

今度も一週間泊って来た――母の絹子は電話の向こうで、疲れ切って足を投げ出しているような調子で時子に訴えた。

「また、危篤になったらしい、これから取手へ行く……」

前の日、新宿に住む母親から電話を受けた時子は、丁度その母に急ぎの用件もあり、しばらく見舞っていない伯母の万一の場合も考えて、その日真咲の家を訪ねたのだった。

かつて、非の打ちどころのないほど手入れの行き届いていた美しい庭がひどく荒れ、そこここの樹木が打ちしおれていた。

案内を乞うて出て来たのは時子と同年輩と見受けられる中年の男だった。静かにただ黙ったまま
まじっと目を逸らさない相手に、時子もとっさに言葉が出て来なくてまごまごしていると、街子が奥から走り出て来た。

「ああ時子ちゃん、来て下すったの、叔母さん達も昨夜から……」

そして、

「あら、初めてだったかしら……」

と横の男を見た。時子は頷くと、

「旦那さま――なのね、あの時はとうとうお目にかかれなかったから……」

富美夫もかすかに頷くと、

「時子さん――ですね」とぽつりと言った。

随分、言葉少なな人だ――。

玄関での二、三分、たった一言、時子さんですねとしか言わず、街子が促す晴子伯母の病室に向かう時子の後から部屋に入り、黙々と病人の治療を続ける富美夫は取りつく島もなかった。

ベッドに横向きに寝ている晴子は以前より更に小さくなっていた。端正な尖った鼻が美しく痛々しい。

富美夫が、ていねいに吸引を施している。

おやっ、時子はその手許を見つめた。この人は医者だろうに、何とおぼつかない手付なのか——しかしそれは見あやまりであることに時子はすぐ気付いた。それは人間を扱う人間の手だった。良の入院に一年三か月付添った時子が知っている医者の手は、ものを扱う手であった。付添いの家族がはらはらするほど彼らの手は職人の手であった。

いま、横向きに寝ている伯母の口から、喉にからまる執拗な痰を静かに病人をいじめぬように取っている三十年のキャリアを持つ医者の手は、時子を針づけにした。言葉が発せられなかった。それは何分ほどでもなかったかも知れぬが、時子には実に長く感じられる時間であった。呼吸をするのさえ憚られる静寂の中で富美夫は動いていた。

ふと、部屋の中に人の気配を感じてふり向いた。伯父だった。そこは十二、三畳ほどの部屋で、中央右寄りには伯母のベッドがあり、左の隅には上り下りに便利なように低いベッドがしつらえてあった。そこに静かな笑顔で伯父が寝ていたのだった。時子は静寂を抜け出てつかつかと伯父のベッドに向かった。

「どうしたの伯父さん、どこか具合お悪いの?……」

直伯父は首を左右に振って「違うよ」と答えた。

「だって昼間なのに——病気かと思ってびっくりした……」

散歩から帰ったんでひと休みしているんだよ——そう答えた伯父が唐突に、

「お前、でかいなあ、目方どの位あるんだ?」

時子はどぎまぎしたが、急にほほえましくなって、

「下から見上げてるから大きく見えるのよ、目方はね、そう、このところずっと変らず、五十五キロってとこかな」

「お前、順天堂病院で生れたんだよなあ……」

またしても伯父は唐突に言った。

時子は、何十年もの昔の懐かしさをたぐり寄せているような伯父の思いが心に泌みわたり、愛しさが込み上げてきた。

「よく覚えているわねえ、そうよ、私、順天堂で生れたのよ……」

自分がこの世に誕生した時、若しかしたら立会ってくれていたのかも知れぬこの伯父が、昔から好きな人だったけれど一層好きになった、そう時子は感じた。病む老妻のかたわらに共に身を横たえている老夫の姿は美しかった。何かに心を委ねたようなやさしさと静けさがあった。

この日から二日目に晴子はその生涯を閉じ、人々がまだ死の余韻を身内に漲らせていた三十日あまりのうちに、旅仕度を整え終えた夫の直が、まるで始めから決まっていたかの如く妻のあとを追ったのである。

「本日はお忙しい中を御参集頂きましてまことにありがとうございます。

義母の死、義父の死、四十九日の法要——と、めまぐるしく相次ぐ行事をとまれとどこおりな

く相済ませることができましたのも、ひとえに親族の皆さまのお力添えのお蔭と家内共々厚く感謝を致しております。

義母が永眠した折、正直申して高齢の義父の心身を案じ、若しやの予測を私共が抱いたのは偽らざるところでございます。けれども、よもやこのように速い死を迎えようとは思いもよらぬことでした。

義父の最後は実に静かでした。ともしびがうっすらと消えてゆくように安らかに、苦しむことなく旅立って逝きました。

それにしても、九十歳を過ぎた老人としては非常に健康であった義父が、ただの三十二日後に妻のあとを追うという不思議は医師の私にとっても大きな愕きでした。

人間とは、人生とは、夫婦とは、それは医学では到底計り知れぬ人の世の神秘なのだと泌々感じたことでした。

一人娘の家内が受けた衝撃は察するに余りありますが、だがしかし、八十一歳と九十二歳の老夫婦が手を携えて天寿を全うしたと思えば芽出度くもあります。

今宵は、皆さまに華やかな宴を張って頂きたい、と僕は考えるんですがいかがでしょうか、両親もそれをきっと喜んでくれるものと思います……」

椿山荘の優美な日本庭園の石畳を辿ると奥まった一隅に数寄屋造りの離れ家がある。

墓地で一旦別れ別れとなった一同は、たっぷりした時間をかけて再びこの離れ家の座敷で顔を揃えたのだった。

普段寡黙な真咲富美夫が、一語一語、区切るように、だがやや興奮をしのばせて冒頭の挨拶を終えると、懐石料理がしばらく後に運ばれ、それぞれのグラスに女中がビールを注いだ。音頭をとる者はなかった。期せずして、目のあたりまでグラスをかかげると心持ち目礼を交しあい一気に液体を胃の腑にそそぎ込んだ。

「うまい！」思わず誰かが声をあげた。

つられて時子の右隣りに座る従兄の佐竹健一が負けずに「うまい!!」と大声で叫ぶと、そこここから「うまい！」「うまい！」と喚声が湧いた。実際、深まった秋の澄んだ空気を存分に呼吸してきた皆の喉は乾き切っていて、一杯のビールが喉元を通過した時のあの生甲斐にも似た幸福感は例えようがないのだった。

良にも飲ませてやりたかった――。

時子は、意識を失う前の良に、あれほど良が愛した酒もビールも飲ませてやることができなかった悔恨に胸をきしませた。

一年三か月の闘病生活の八か月目に、思いもよらず意識をなくし、あとの七か月を意識のないままついに逝ってしまった良――。

思いのままに生きた男だった。とりもなおさずそれは逸脱した人生を生きることでもあった。酒を愛した。女を愛した。

毎日風呂へ入るのは体を清めるためではなく、ひとえにビールの醍醐味を満喫するためと破顔大笑した良であった。お前さんと一緒に家で飲む酒が何よりもうまくなってきた、そう言って女房を嬉しがらせる亭主であった。

満座の中で、時子は夫恋しさに頬を赤らめた。

「時子、どうだい、もう一杯……」

健一がビール瓶を差し出した。

「あ、ええ、どうもありがとう、健ち兄ちゃんも、さ、どうぞ……」

時子は自分のグラスにそれを受けると、瓶を受け取って健一のグラスにもなみなみと液を満した。

幼い頃、沢山居る佐竹の兄弟姉妹達の一人一人を名前を上につけて、何々兄ちゃん何々姉ちゃんと時子達は呼んでいた。健一兄ちゃんと呼べずに、健ち兄ちゃんと呼んだその頃のまま五十を過ぎても時子は自然にそう呼んでみた。

「随分としばらくぶりだね……」

鼻の頭が何故か昔から赤く、けれども頭にはすでに幾許《いくばく》も毛髪を残していない好人物そのままの健一が、懐かし気に時子を見た。

「御無沙汰してます。ほんと何年振りかしら、娘が二十五になるんだから、そうよ、二十七、八年になるんだわ、あれから……」

最初の結婚の時、式に列席してくれていた健一を時子はよく覚えていた。

「その節はありがとうございました。でもね、失敗しましてね、別れちゃったの。十年たって子連れで再婚したんだけれどその夫にも三年前死なれちゃった……」

おどけた言いかたで時子はそう言い、

「二度目はね、とってもいい結婚だったのよ、だけど死なれちゃった」

「そうだろうな、顔にそう書いてある、とっても幸福だったたってね……」

ふと涙ぐみそうになるのを時子は抑えると、

「今日は、佐竹家は健ち兄ちゃんだけ？　お葬式には猛兄ちゃんが見えてたけど……」

と話題を転じた。葬式の日、晴子伯母の草月流の弟子達が寺の内庭を埋めるかたわらに、時子は見馴れぬ一人の紳士の姿を見つけた。背が高く、立派な顔立ちですっきりと喪服を着こなしている。会葬者の一人にしては風情が少し違うが、親族がたむろしている場所に寄って来るでもない。あれは誰なのだろう――。

やがてその男の正体が解った。精進落としの席で時子の二つ向こうに坐ったその人に、時子の中の妹の加代子が、

「猛兄ちゃん、いかが？」と酒を注いだのである。

「若しかして――佐竹の猛兄ちゃんでいらっしゃるの？……」

思わず時子は加代子に声を掛けると、二人は目を合わせにいっと頷いた。

「まあ、すっかり変られて……」

かつて一番親しく交際《つきあ》っていた健一達兄弟と、もう何十年逢っていなかったことだろう。中野の郊外に佐竹と安宅の家が隣同士にあり、十分ほどの場所で同じ中野の〈オリエンタルの森〉近くに時子らの家があった。時子の父と安宅の直伯父はこのオリエンタル写真工業株式会社の技師であり重役でもあった。当時中野は東京市の郊外で、新井白石にゆかりのある哲学堂がもの五分の地にあった。

時子が小学校三年の冬、「大東亜戦争」が始まり、間もない年に健一達の父親が急死した。会社の昼休みに、椅子に凭れている伯父を部下が危ぶみ声を掛けると、その姿勢のまま椅子からずり落ちた。脳溢血だった。

時子が生まれて始めて見た死者がこの佐竹の伯父であった。朝元気で出勤し、昼過ぎ物言わぬ姿で帰宅した伯父の顔は白蠟のようだった。人間が死ぬと何て綺麗なんだろう。引き込まれそうな伯父の死顔を大人達の隙間から覗き見て、時子は死への憧れさえ抱いたのだった。良の死顔も伯父と同じに透明な落ち着きをみせていた。だが、それに至る数々の無残な病の過程は、人間が、生きることも、死ぬことも、苦しみであることを時子に教えた。

戦争が日本の敗北をさし示す時局を迎え、国中の混乱の狭間で時子らもあわただしく疎開し、佐竹、安宅の家族達もいずくともなく散ってしまった。敗戦後はそれぞれが自分達の暮しに精一杯で、誰が何処で何をしているのかさえ問おうとする気すら持たなかった。

「健ち兄ちゃんが学徒出陣なさった時ねえ、私覚えていてよ、角帽を被って赤い襷をかけた姿、とても素敵だった……」

私の夫も、やはり学徒出陣したの、シベリアに三年間抑留されてね……。口から出かかった言葉を時子は呑み込んだ。

「素敵か――僕としてはそれどころじゃあなかったんだけどな」

「あたし、まだ小さかったから――、でもそうよね、それどころじゃあないわよね」

「いや、そういう意味じゃあなくね、親爺が死んじゃってあとにおふくろや弟妹がぞろぞろいたろ、俺がいなくなったら、此奴らどうすればいいんだ、頭の中がそのことで一杯だった――」

表紙が黄ばみ、中の写真もみなセピア色に変色している古いアルバムが廻されていた。健一が今日の集まりのためにと抱えて来たものだ。先程から向こうの席でその写真帖を繰りながら、ちらちらこちらを見ていた末の妹の里子が時子を手招きした。

「嫌あね、自分が来ればいいのに……」

健一に言い訳を言うと、時子は賑やかに飲んでいる下座を廻って里子の横に腰を下ろした。

「……なに……なにか御用でございましょうか?」

里子は顔を寄せると、

「今、時子姉ちゃんと話してたの誰……ほらここに写っているこの方でしょ?……」

学生服を着、父と一緒の若くまばゆい健一の写真だった。多分健一が大学へ入った時の記念であろう、間もなく世を去る人とは思えぬ、それは元気一杯の父親とのものなのだった。

時子はまじまじと里子を見た。時子が何十年振りかに逢った猛が解らなかった以上に、この妹は佐竹の兄弟達と遊んだ体験も、そうだ、ない筈だったのだ。

「そうか、あの時分、あなたまだ三つぐらいだったのかしらね……」

「そう、疎開したのがね、丁度そのぐらいよ……」

「じゃあ、知らないの無理ないわよね——佐竹の長男の健一さんってね、ほら、一緒に写っている男性が健一さんの父親で、つまり私達のおふくろさんや頼子伯母さんの長兄に当たるの——両親とも亡くなっちゃってるけど昔は家が近くにあったんで、私や明はあの兄弟としょっちゅう遊んだものよ」

「こないだ逢った、猛という人は?……」

「健一さんのすぐ下の弟……」

それにしても戦争とは無慈悲なものだ。戦争さえなければ、それまで親しく睦みあっていた人間同士が突然散りぢりに、しかも何十年逢うことなくなどということがあるはずもあるまい。

東西や南北に別れ散っているドイツや朝鮮の人々よりは、日本はまだしも恵まれた戦後を持てたとはいえ、今日ここに揃った母や伯母、従兄弟達、兄弟達、それぞれの連れあい——の額に刻まれた皺の襞に、戦争という日本の歴史をかいくぐって生き抜いてきた風雪の跡を見るような気がする。

はなはだしい黄ばみのために、背景の築山や樹木が霞んだようになった一葉に、やがて二人は目を凝らした。築山を背中に大きな庭石がちりばめられ、それぞれの石に四人の女性が腰を下ろし、脇に四、五歳の男の子が一人立っていた。大正の末か昭和の初め頃なのか、二人は若々しい束髪を結い、一人は高島田、そしてパラソルを拡げた目の美しい一人は髷の根を横巻きにし、髪を黒ぐろと中央高く結い上げた当時流行《はやり》の「二百三高地」を、心持ち傾げた品のいい首にゆったりと載せていた。

「ああ、これ晴子伯母さんよ」

時子が息を弾ませた。しげしげとみつめながら里子も、

「晴子伯母さんて、ほんとに綺麗な女《ひと》だったのねえ」

と嘆息を洩らした。

「それで、この二人が頼子伯母さんと母さんて訳なのね、じゃあこの女《ひと》は？……」

「佐竹の伯母さんよ、してみるとこの男の子……」

里子の横で、それまで静かに周りの人々の有様を見守りながら、その実、ひっそりと心の奥底の思いに浸っているかに見えた伯母の頼子が、ふと、

「健一よ、それは……」と教えた。

「私達が娘の頃、兄さん達が一緒に住んだ時機があったから……」

笑顔は絶やさぬが感情を表に決して現さぬ頼子伯母は、今日この日も常日頃と変らぬ柔和な顔

付だった。

母の実家は、静岡県の山懐に囲まれた岩淵という在所にある。

祖父は日露の戦いで武勲をたてた軍人で、金モールの軍帽に勲章を飾った軍服姿のやさしそうな写真が、母の手文庫の中にあるのを見せて貰っていたが、時子は無論知る由もない人だ。子どもらが幼い頃、夫を喪った祖母は、気丈だが暖かく気品ある感じの女《ひと》だった。赤ん坊の時子を膝に抱いた写真が一枚あるが、この祖母も早くに世を去っている。岩淵の母の家には小さな頃行ったことがあるそうだが時子は覚えがなく、こんなに素晴しい庭があったことは始めて知ったのだった。

いまは先祖の眠る墓所だけが残され、晴子伯母が倒れるまでの遥かな歳月を、毎年うち揃って墓参りを欠かすことのなかった三人姉妹であった。その一人が欠けた。

寂しくなるわね、伯母さん――。

時子は声には出さず労りの気持を籠めて頼子を見やった。

そこかしこが声高になってきていた。

二十年、三十年逢うことのなかった従兄弟達が、今日の邂逅を機会に〈従兄弟会〉を組織してときたま集ろうではないかと一人が言い出し、では会長を誰にすべきか、そうだ、やはり健一兄さんが適任だなどとかまびすしくなり始めた時、

「私達、歌をうたいます……」

と、それまで一人ひとりの席にねぎらいの酒を注いで廻っていた街子が、高校生のその次男と共に立ち上った。

やがて二人は、「ユー・アー・マイ・サン・シャイン」を合唱し始めた。

父親そっくりの丸顔に縁なしの眼鏡を掛けた街子は、喪服の胸下に両手を組み合わせ、まっすぐ前を向いたまま、澄んだ声でソプラノを歌った。その母に合わせてコーラスする息子もやはり眼鏡の奥の瞳を凝らして歌っている。

騒いでいた人々はしばし鳴りをひそめ、そんな母子の声に耳を傾けた。

「ユー・アー・マイ・サン・シャイン――あなたは私の太陽」

「マイ・オンリー・サン・シャイン――私のただ一つの太陽」

歌い終わると街子はその独特の鋭角的な御辞儀をし、何事もなかったかのように席に着いた。

ためらいがちに伯母の頼子が、

「あの――私……」と呟いた。

「ええ――?」時子が聞きとがめて問うと、

「ちょっと話したいんだけれど……」

領いた時子は、

「伯母さんが何かおっしゃりたいんですって……」

と助け舟を出した。

皆の視線が頼子に集まった。

「いえ――大したことではないんですけれどね、一言《ひとこと》、言いたくてね……」

頼子は膝を正した。

「富美夫さんと街子に……――二人とも、義兄さんと姉さんのために尽くしてくれてほんとうにありがとう――とりわけ富美夫さんには、ひとかたならずお世話になって……何とお礼を言って良いか……。姉さん達になりかわって、私から……ありがとうと言わせて頂戴――ほんとうに、ありがとうございました……」

一座が静まりかえった。声を出す者はない。

だが、すぐに街子の小さな叫びがそれを破った。

「叔母さん……違うのよ……違うの！」

感情を抑えながらも、街子は思い切ったように言葉を走らせた。

「私は……私はあの人達にひどい仕打ちをしたのよ、ちっともやさしくなんかなかったのよ――。やさしい気持ちを取戻すのは、夜、布団の中に入った時だけだった――朝起きると、またとげとげしい心になってしまう。母が赤ん坊みたいに無邪気になればなるほど、おむつを取り替えながら、食事を食べさせながら、何で私こんな思いをしなければならないんだろう、兄弟がいさえすれば一人でこんな厄介なことをしなくて済むだろうにって、ひとりっ子にしてしまった両親を恨んだりしたんです。

母が死んだあとの父親にも、私、邪慳だったんです。新聞を真っ先に読んじゃあいけません、お風呂は皆のあとに入って下さい。あれもいけない、これもいけない——うろうろする父を見るとますます気が苛立ったりしてきて……。

どんなに悔んでも、今更取り返しがつかないのは解ってるんですけど……私、自分が嫌になっちゃって……。

ですから——叔母さん、ありがとうなんて……おっしゃらないで……お願いします」

思いを口にしているうちに気持が鎮ってきたのか、胸のうちを吐き出して幾分さっぱりしたのか、あとのほうは街子らしい冷静さを取り戻すと彼女は席に着いた。

かつて、時子の差し出した手紙に対して電話を掛けてきた街子が、良の死を悼み、時子の看護をねぎらいながら、あなたがさぞ大変だったろうとしみじみ私解るの。私なんか、いつまで体が続くだろうと恐くなってくるの、と言った言葉が時子の頭をよぎった。

街子ちゃん、あなただけじゃあないわ、私だって同じだったのよ……。

私の夫は脳腫瘍と呼ぶ恐ろしい病気だったの——三度の手術を行い、半身不随となり、高熱に犯され、死の宣告を数回下され、やがて意識をも失くしてしまった……。長い入院生活を送りながら幾度もめげて、何度逃げ出したいと思ったかわからない——思うようにならない病人に、時に憎しみすら覚えたことだってあった——。私が言うと言い訳がましくなるかも知れないけれど、看護する人間が、人間である限り、戸惑い、揺れ動き、自分との闘いを繰り返さねばならないのが当たり前だと思う――。そして、どんなに精一杯のことをしても悔恨が残る――辛いものねえ、街子ちゃん……。

私は何故、良の枕辺から逃げ出さなかったんだろう――時子は想念にふけった。

良と暮した十年の重みが――幸福が――そうさせたのか――良が与えてくれた生の喜びが――こよなくそそいでくれた娘の美和への情愛が、今その見返りとして私をしてそうさせずにおかなかったのか。ただひたすら、病に伏す、良の姿へのいとおしさ故に側を離れることができなかったのか――。

いや、どれもあたってはいるが、それだけではない――もっと重大な何かがあるような気がする――。

私にとって誰よりもかけがえのない男であった――痛切に、今ひとたび生かしたいと思った。だが――私が逃げなかったのは――。

自分のためだったのだ――時子は愕然とした。

そうだ、自分のためだったのだ。自分自身のためにあの苛酷な戦場から私は逃げなかったのだ。何故――もしここから逃げ出したら、やがて次には自分を憎むようになるだろう、悔い悶え、ついには自分自身を滅ぼしてしまう、それが恐かったのだ。何のことはない、自分のためだったんじゃあないかという発見は時子を打ちのめした。

街子のほうがよほど立派だ、頼子の感謝の言葉に「違うのよ、叔母さん違うのよ」と己れの裸をさらけ出した街子――。

では、私は幾人《いくたり》の人に、ほんとうの自分をさらけ出せるだろう――。

宴は終わりに近づいていた。

時子は、あの夜の街子父娘のほほえましい一場面を思い出していた。

伯母の通夜の晩、寺へ向かうためにあわただしい周囲の騒ぎをよそに、部屋の片隅の椅子にひっそり身を凭せている直伯父に、次の間から走り込んで来た街子が、

「おじいちゃん、お寺へ行きますよ、早く仕度をして下さいよ」

と声を大きくした。

だが伯父は動こうとしなかった。そのままの姿勢でにこにこと笑みさえ浮べている。街子はその耳許に口を寄せると、

「あなたの奥さんのお通夜なのよ、どうなさるの、行くの、行かないの、家には誰もいなくなりますよ。行かないの、ああそう、それじゃあ戸締りをしますよ、でも明日のお葬式には必ず行くのよ、そのテーブルにおすしが用意してありますからね、お腹が空いたら食べるのよ、いいわね、解った……」

――街子ちゃん、あなたは決して邪慳なんかじゃなかったわよ、あの夜のあなたと伯父さん、とても良い父娘だったわよ。あなたが父親を案じて、一人だけ家に残る人を探していたのも私、ちゃんと知っている――。

「俺、行かないよ……」

と笑って答えた伯父の、誰もいなくなった広い家の、音をなくした静謐の中で、半世紀連れ添った愛妻をただ一人で通夜したに相違ない姿を、時子は妬ましくすら感じた。また、恐らくあの夜、伯父の直はこの世との訣別の儀式をも誰にも邪魔されず心置きなく行ったに違いない。待っているんだよ、俺も間もなく行く……と、道行きを伯母に約束した上で……。

終焉のざわめきをあたりに感じ、深い思いから不意に時子は現実にたち戻った。

四十六の男と三十七の女が出会った。男は二十《はたち》の男子を前妻の許に置き、女は十歳の女児を連れて再婚した。男も女も、相手が誰にもまして得がたい伴侶であることをやがて知った。

二人は或ることを誓いあった。刻が訪れた時、自分達の意志で共に人生の最後をしめくくる——。

「刻——それはいつであるか解らない——充分に、二人で生きて、生きてそして、これでいいと思えた時、二人してこの世とさよならしようじゃないか。死ぬ時ぐらい、自分の意志で死にたい、俺は」

「私も……そうしたいと思っていた、精神も肉体も活力にみちみちているままで——ね」

「じゃなきゃ意味はない、そうさ、精神も肉体もいまここにあるがままでさ」

「一日を大切に生きて……美和を嫁にやって……そして、これで充分、と思った刻、その時、二人でそうしよう、ね、良さん」

「そうともさ、美和の幸福を見届けて、そして、いつの日にか……にね、約束するかい」

「約束するわ」

——だが、約束は果たされなかった。またたく間に過ぎ去った十年の歳月の末に男は肉体を冒され、一年余の女の必死の看護もむなしく他界した。女は取り残され、精神を滅ぼされ、男の後を追う勇気も機を逸した。

——ロマン……あれは……良と私の密かなロマンチシズムだったのかもわからない——。

火照った頬を深秋の夜風が心地よく撫で去った。朧な月の光が足元をほんのり照らし、散り敷いた落葉の二、三葉が小さな風に揺れ舞った。

駅から離れた、このゆるいだんだら坂の沿道を埋める銀杏並木を良は愛し、毎日のように夫婦は散歩した。今、一人でその道を歩くのに時子はまだ馴れることができない。

心も体も健やかなままで若し二人が生きのびて、ではあの充された十年間と同じにこれからも生活することができたのだろうか。例えできたとして、いつかその——刻が訪れた時、果たして約束通り共にこの世と訣別し得ただろうか。

決して予測できぬのが人生であった。おぎゃあと生まれたその日から、人は予測のできぬ運命のために生きる宿命をその身に負う。

出会いがあり別れがあり、喜びがあり哀しみがある。運命を時に人は激しく切り拓く場合もあれば、波間に身を潜め頭上を通り過ぎるのを待つ場合もあろう。

——ねえ良——、あなたはずるいわよ、さっさと勝手に——逝っちゃって……、契約違反もいいとこだ。安宅の伯父さん、伯母さんを見てごらんなさいよ、あの誠実さを……さ。

大体あなたはちょっといい加減なところがあったわよ、俺がいなけりゃお前さんはほんとうに駄目なんだなあ、とか、あの時俺が嫁さんにしてやらなかったら時子は病気で死んでいたな、など恩に着せていたくせに、あげくの果てはこうだ……。


集いのしめくくりに、老いと若き総員が立ち上って合唱した〈我は海の子〉〈赤とんぼ〉〈菜の花〉などの甘く懐かしい歌声が、夜道を歩く時子の脳裡に蘇ってきた。

良に悪態を吐きながら、私はこの道を一人で歩くのにやがて馴れなければならないのだろうと思いながら時子は歩を運んだ。

冬が来る前に今年はもう一度墓参りに行くとしよう。

秋田の生家の屋敷外に先祖代々の墓所があった。見渡す限りの田の一隅を仕切って更に幾個所の区域があり、本家を中心にしてそれぞれの墓がある。何代にも溯る一族の眠る墓を老いた樹木が真深く覆っていた。

「近頃、あのあたりの地面がじめじめしてきてね、対策を考えなければならん。そしていずれは俺、墓守りになる——」

念願の墓守りはかなわず、自身がはやばやと納まってしまった良の骨壷は、だがすでに入る場所がなく、あらたに巨大な墓石の前に埋め込んで造られた石の器に入れられていた。

「ねえ、若し私が先に死んだら、良、あなたどうする？……」

「でっかい葬式まんじゅうを作ってやる」

「嫌な人だ……ならば、あなたがもし、先に死んだら、私に何て遺言する？……」

「絶対に、幸福になるなよって遺言する」

一方で共にこの世と訣別しようと誓い、一方では、他愛なく、そんな会話を繰り返し交しあった。

死は確実に良を奪い、やがて間違いなく、私の頭上にも手を差しのばすだろう。

男女の深い契りを譬えて、比翼連理と言い、情死或いは後追い心中をした相思の男女を、共に葬った塚を、夫婦《めおと》塚又は比翼塚と呼ぶという。

私の安息の地はどこにあるだろう……。

比翼雛――時子は呟き、にんまりした。

美和の待つ家の灯りがすぐそこに現れた。

初出

瓦　解（書きおろし）
冷たい雨　「飛翔」一九八六年一〇月　No.24
儀式《セレモニー》　「飛翔」一九八五年三月　No.22
ぼたん鮮烈に　「飛翔」一九八三年一一月　No.20
比翼雛　「飛翔」一九八六年一月　No.23

小原 巳恵子（おばら みえこ）

1932年、東京生まれ。

長野県立第一高等女学校（現蟻ヶ崎高校）卒業。

戦後、疎開先で知りあった築地小劇場出身の小百合葉子主宰の劇団たんぽぽを出発点として、劇団青俳、新協劇団、東京芸術座、銅鑼に所属。劇団歴史座創立メンバー。

主な出演作にワンダ・ワシレフスカヤ『虹』、チェーホフ『かもめ』、『中二階のある家』、栗田勇『詩人トロツキー』、宮本研『五月』、ブレヒト『カラールのかみさんの武器』、アルマン・サラクルー『怒りの夜』、三島由紀夫『サド公爵夫人』他。

著書に『色は匂えと』主婦と生活社。他がある

瓦《が》解《かい》

二〇一四年八月七日　初版第一刷

著　者　小《お》原《ばら》　巳《み》恵《え》子《こ》
発行所　株式会社　影書房
発行者　松本昌次
〒114-0015　東京都北区中里三―四―五
ヒルサイドハウス一〇一
電　話　〇三（五九〇七）六七五五
ＦＡＸ　〇三（五九〇七）六七五六
E-mail＝kageshobo@ac.auone-net.jp
URL＝http://www.kageshobo.co.jp/
〒振替　〇〇一七〇―四―八五〇七八
本文印刷＝スキルプリネット
装本印刷＝アンディー
製本＝協栄製本

定価　一、八〇〇円＋税

ISBN978-4-87714-448-7